Y Tlws

Mari Williams

Gwasg Gomer
1986

Argraffiad cyntaf — Tachwedd 1986

ISBN 0 86383 224 5

Cedwir pob hawl. Ni ellir atgynhyrchu unrhyw ran o'r cyhoeddiad hwn na'i gadw mewn cyfundrefn adferadwy na'i drosglwyddo mewn unrhyw ddull na thrwy unrhyw gyfrwng electronig, electrostatig, tâp magnetig, mecanyddol, ffotogopïo, recordio, nac fel arall, heb ganiatâd ymlaen llaw gan y cyhoeddwyr, Gwasg Gomer, Llandysul.

Roedd *Y Tlws* yn un o'r nofelau arobryn yng Nghystadleuaeth Genedlaethol Cyd-bwyllgor Addysg Cymru, 1984.

Fe'i cyhoeddir dan nawdd Cynllun Llyfrau Darllen y Cyd-bwyllgor.

Argraffwyd gan
J. D. Lewis a'i Feibion Cyf., Gwasg Gomer, Llandysul, Dyfed

I Geraint a Delyth

Yn Segontium mae arysgrif sy'n tystio i'r ffaith fod y pibellau dŵr wedi cael eu hatgyweirio ar ddechrau'r drydedd ganrif O.C. Y rheswm a roddir yw eu bod wedi dirywio gyda thraul y blynyddoedd ond yn fwy na thebyg fe'u dinistriwyd gan y brodorion.

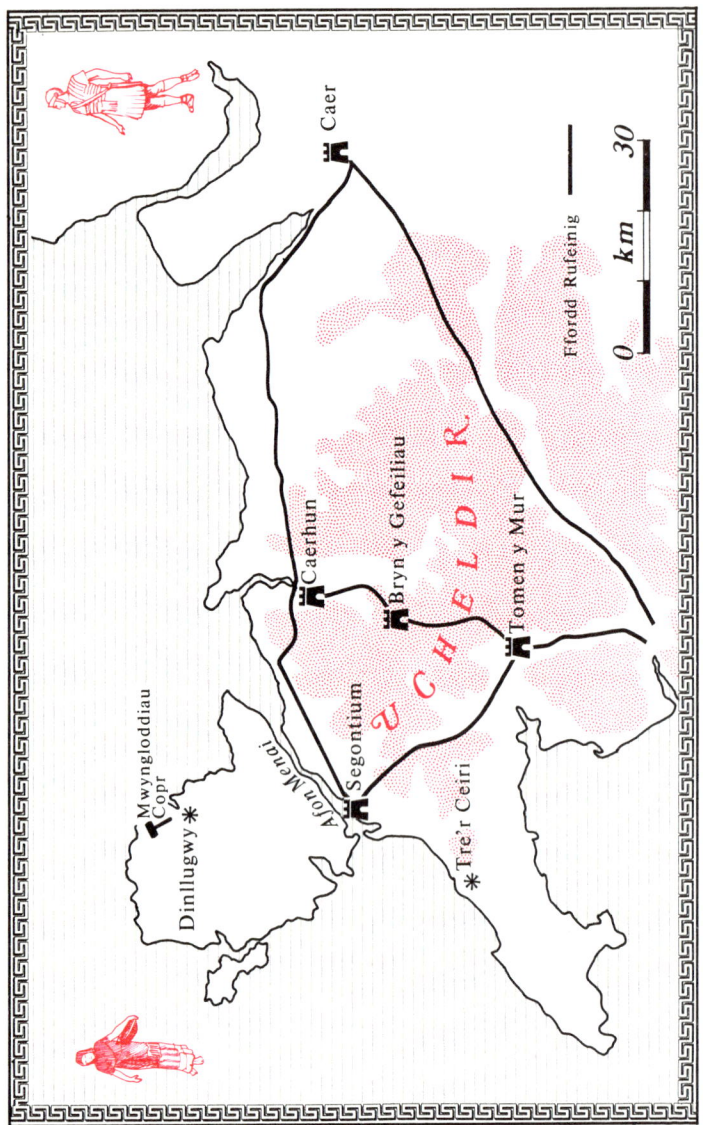

1

Edrychodd Arianrhod i fyny'n freuddwydiol o'i gwaith yn casglu'r halen ar y traeth. Roedd y dŵr wedi sychu yn nhes yr hafddydd gan adael haen o bowdr gwyn yn y ddysgl bridd. Byddai ei mam yn crafu'r powdr o'r ddysgl â chyllell haearn a'i ychwanegu at y talp o halen a gadwai yn y stordy. Weithiau byddai ganddi ddigon dros ben i'w werthu i rai o'r gofaint a arferai fynychu'r pentref yn gyson. Gwaith beunyddiol oedd hyn yn yr haf ac fe ddeuai un neu ddau o bobl ifainc y pentref i'r traeth bob min hwyr i gasglu'r dysglau llawn heli a adewid yn yr heulwen.

Heddiw, wrth lwc, yr oedd hi ar ei phen ei hun ar wastadedd y traeth ym mhelydrau olaf yr haul. Fel hyn câi lonydd i synfyfyrio heb i neb edliw iddi am esgeuluso ei gwaith, fel y gwneid yn fynych pan helpai i lifo'r brethyn yn sudd y mwyar duon neu pan ofalai am yr odyn. Arferai ei mam ddweud y drefn wrthi am bensynnu a mwydro ei phen am bethau nad oedd a wnelai merch ddim oll â nhw. Meddwl am briodi a magu meibion cryf i arwain y llwyth oedd busnes merch o'i safle a'i hoed hi, yn ôl ei mam. Pa ddiben mewn pendroni a holi am y derwyddon, eu galluoedd a'u gwyddorau? Ni ddeuai dim ond drwg iddi, rhybuddiai, o glustfeinio arnynt yn siarad â'i thad gyda'r nos. Materion i ddynion yn unig oedd ganddynt dan sylw. Golygai ei geiriau er da, ond ni fodlonai'r ferch ar hyn.

Gwyddai hi fod y dynion yn trafod pethau cyffrous fel gwleidyddiaeth ac yn sôn am y Rhufeiniaid a drigai yn y gaer dros y dŵr. Po fwyaf y siaradent, mwyaf oll y corddai'r chwilfrydedd ynddi i gael gweld y byd y tu

7

hwnt i'r grŵp o fythynnod to gwellt y trigai yn eu plith. Blinasai'n lân ar yr un hen swyddi yr oedd yn rhaid i bawb, hyd yn oed y pendefigion, eu cyflawni er mwyn cadw deupen llinyn ynghyd.

Clywsai gan rai o'r gofaint fod yna ddinasoedd yn y de a moethusrwydd o fath na fedrai mo'i ddirnad. Serch hynny, ni ddylai hiraethu am bethau oedd y tu draw i'w chyrraedd. Digon oedd bod yn ferch i bennaeth cadarn a dewr a byw yn gymharol ddiogel oherwydd hynny. A chaniatáu bod y duwiau cadarn yn gwenu arnynt hefyd wrth gwrs. Roedd y rheini yn medru bod yn wamal iawn ar adegau. Ond O! am gael cipolwg ar un o'r Rhufeiniaid yna oedd yn hanu o leoedd mor bell a chyfriniol! Culhaodd ei llygaid a cheisio dychmygu sut rai oeddynt. Byddai ei thad yn cyfarfod â rhai o bryd i'w gilydd pan âi dros y dŵr i wneud cytundeb â hwy. Rhoddwyd march nobl gwyn iddo'n anrheg unwaith ar ôl cwblhau un o'r teithiau. Ond ni fynnai drafod rhyw lawer ar y peth â hi.

Daeth sŵn fel taran bell i darfu ar ei myfyrdodau, a thoc sylweddolodd mai carnau ceffylau oedd yn gyfrifol amdano.

Yna clywodd fonllefau uwch ei phen a throes ei golygon i'w cyfeiriad. Ar ben y clogwyn, rhyngddi a'r awyr, gwelodd gysgodlun o farchogion — ni allai weld pa nifer — a mantell un ohonynt yn chwifio yn y gwynt. Fel y nesaent yn gyflym gwelodd yr helmedau llyfn oedd am eu pennau yn fflachio ym mhelydrau olaf yr haul. Coch oedd lliw'r fantell ac yr oedd yn cyhwfan i amseriad carlamu'r ceffylau. Yr un a wisgai'r fantell goch oedd ar flaen y fintai ac ef oedd yn gosod cyflymder i'r gweddill. Diflanasant yn un ac un y tu ôl i'r twyni.

Cerddodd ias trwy ei hesgyrn ac roedd fel petai mewn breuddwyd. Ni fedrai symud o'r fan. Roedd ei choesau'n ddiffrwyth. Mewn dim o amser roedd yr orymdaith fechan wedi disgyn i wastadedd y tywod ar hyd y llwybr troellog ac roedd bron iawn ar ei phen hi. Roedd lleisiau'r marchogion yn uchel a chras, a theimlai Arianrhod yn gythryblus iawn yng ngŵydd cynifer o ddynion.

Safodd yr arweinydd yn stond o fewn llathen iddi, wedi gwneud arwydd â'i law ar y lleill i aros hefyd. Llonyddodd yr orymdaith ar unwaith. Edrychodd yr arweinydd arni â llewyrch o ddireidi yn ei wyneb.

'Does dim angen bod ofn,' meddai, wrth ei gweld yn crynu.

Ni chafodd ateb.

'O rwy'n gweld,' meddai. 'Dyw'r ferch ddim yn deall fy iaith. Faustus, rwyt ti'n siarad eu hiaith nhw. Esbonia iddi.'

Symudodd marchog o'r rheng a dynesu ati. Gwelodd hi ei fod ychydig yn hŷn na'r rhelyw ond fe wisgai'r un ffurfwisg â hwythau; yr helmed drom â phig y tu cefn, a blaen a guddiai ei glustiau, y llurig ddur a'r cleddyf yn crogi o'i wregys ar yr ochr dde, a'r darian fawr hirgron yn ei law chwith. Roedd llais y milwr yn arw ond nid yn fygythiol.

'Wnawn ni mo'th frifo,' meddai.

Roedd yr arweinydd yn gwenu'n awr a golygon y milwyr eraill yn neidio o'r naill i'r llall ag afiaith. Sylwodd Arianrhod ei fod yn brydweddol. Roedd ei lygaid clir o'r un lliw â chnau'r gollen, ei aeliau'n lluniaidd ac yn dywyll, a'i ddannedd yn lân fel blodau'r drain. Gên sgwar oedd ganddo wedi'i orchuddio â bonau barf du. Ymlaciodd y ferch ychydig, ond fe ddaliai i deimlo gwefr ei bresenoldeb.

'Lle'r wyt ti'n byw?' Ailadroddodd Faustus ei gwestiwn.

'Yn y pentref. Dinllugwy.'

'A beth maen nhw'n dy alw di?'

'Arianrhod, syr. Ar ôl y dduwies.

'Cymwys iawn i rywun sy'n edrych fel duwies.'

Chwarddodd yr osgordd.

Craffodd yr arweinydd ar y brychni ar ei dwylo a'i breichiau wrth iddi droi'r ddysgl yn nerfus rhwng ei bysedd. Sylwodd fod brychni ar ei thrwyn bychan hefyd a bod eu lliw euraid yn gweddu i'w llygaid gwyrdd a'i gwallt lliw'r machlud. Syllodd arni ymhellach am ennyd neu ddau, ac er bod y milwyr yn ddistaw dan ei ddisgyblaeth yr oeddynt hwythau yn ei llygadu'n arw. Ni feiddiai yr un ohonynt ei phryfocio: roeddynt yn ddarostyngedig i reolau'r fyddin Rufeinig. Yna, pwniodd yr arweinydd ystlys ei geffyl yn sydyn a chychwyn eto ar garlam ar draws y tywod, a'i fintai yn ei ganlyn. Camodd Arianrhod yn ôl, wedi dychryn gan guriad a rhyferthwy'r carnau.

'Fe'th wela'i di eto, dduwies fach,' bloeddiodd yr arweinydd dros ei ysgwydd. Neu o leiaf dyna oedd ystyr y dôn yn ei lais, meddyliodd Arianrhod.

Ymhen eiliadau roedd y traeth yn wag ac yn dawel unwaith eto. Oedd hi wedi dychmygu'r cyfan? Efallai ei bod wedi consurio'r holl olygfa wrth bendroni ynghylch goresgynwyr ei gwlad a'i hysfa i gael cipolwg arnynt. Roedd rhai yn honni bod ganddi alluoedd goruwchnaturiol a'i bod yn gyfrwng rhwng y byd hwn a byd yr ysbrydion. Dyna paham yr oeddynt wedi'i dewis i arwain yr orymdaith yn yr ŵyl Lugnasad nesaf. Ni wyddai a oedd hi'n mynd i fwynhau hynny ai peidio. Yn ystod y ddeufis nesaf fe fyddai yna lawer o ddefodau i'w dysgu er mwyn cysylltu â'r duwiau. Na, nid oedd hi wedi dychmygu'r cyfan. Sylwodd ar olion carnau yn y tywod a gwyddai i sicrwydd fod Rhufeiniaid newydd siarad â hi, Arianrhod.

2

Roedd Publius yn medru deall agwedd y dynion i ryw raddau. Roedd y gwaith yn y mwynau copr yn ddiflas a pheryglus, yn enwedig ar ddiwrnod mor boeth â hwn, pan oedd y chwys yn ymgasglu ar y croen fel ager ar gaead pair; a hwythau'n mygu yn y gwres fel petai bwa'r nefoedd yn gwasgu'r awyr. Safodd ar y grib am sbel i amgyffred â'r olygfa. Gwelodd y creigiau'n ymwthio allan mewn mannau, yn finiog ac afluniaidd. Yn y gwaelod roedd y llwch yn chwyrlïo'n barhaus fel tarth budr. Atseiniai ergydion y bwyeill yn gyson o'r naill ochr i'r llall, a gellid clywed y rheolwr yn crochlefain ar y caethweision bob hyn a hyn i wneud iddynt weithio'n gyflymach, er ei bod yn hwyr yn y dydd.

Yr oedd y caethweision a'r gweithwyr rhydd fel ei gilydd wedi mynd yn herfeiddiol bellach. Ceisient rwystro eu meistri didrugaredd bob ffordd, a gwyddent yn union pa mor bell i fynd cyn dihysbyddu eu hamynedd. Roedd Publius wedi gweld yr un math o ymddygiad yn y fyddin. Gallai capten amhoblogaidd orfodi ei filwyr i ymladd ond rhaid wrth un poblogaidd i ennill y frwydr.

Oedd, roedd y copr yn dod o'r mynydd, — ond yn rhy araf o lawer. O ganlyniad roedd Publius wedi cael ei anfon gan reolwr y gaer yn Segontium, y *praefectus* ei hun, i ddangos bod y Rhufeiniaid o ddifri wrth archebu maint arbennig o gopr. Roedd gweld y milwyr cyhyrog a'u meirch yn ddigon i argyhoeddi pob un o'r gweithwyr oedd yn y mwynglawdd fod eu meistri o ddifri.

Ar ôl sicrhau bod pawb wedi deall arwyddocâd ei ymddangosiad, troes Publius a gorchymyn ei fintai i'w ddilyn yn ôl dros y traeth i bentref y Brythoniaid nid nepell o'r fan honno. Amheuai fod Cadfan eu pennaeth, yr hen gadno, wrth wraidd y drafferth yn y mwyngloddiau. Felly penderfynasai gael sgwrs ag ef cyn dychwelyd i'r gaer Rufeinig yn Segontium.

3

Eisteddai Arianrhod yn y gwyll yn un o'r ystafelloedd yn y tŷ mawr crwn. Roedd yr ystafelloedd hyn yn glystyrau o amgylch y neuadd fawr ganolog, ac yr oedd parwydydd yn eu gwahanu oddi wrth ei gilydd. Roedd rhai o'r parwydydd wedi cael eu gwneud o fframwaith gwiail ac fe grogai brithlen gain dros bob un, a wnaed gan ei mam a'r merched eraill. Yng nghanol y neuadd gloywai'r tân fel haul a'i fflamau aflonydd yn goleuo'r llawr pridd. Syllai Arianrhod ar y darnau anwastad nad oeddynt i'w gweld yn ystod y dydd ond a ymddangosai'n dalpiog yn awr, fel wyneb afon. Pan âi'n rhy dywyll i wehyddu arferai dreulio oriau'r min nos yn gwylio'r patrymau ar y llawr ac yn gwrando ar y dynion yn siarad â'i gilydd tra'n eistedd o gylch y tân. Teimlai'n rhwystredig weithiau gan fod y merched hefyd yn dal pen rheswm yn yr ystafell, ac yn gofyn mân gwestiynau iddi yn awr ac yn y man. Roedd sgwrs y dynion yn fwy diddorol o lawer i Arianrhod, gan fod eu bywydau hwy yn llawn symud a chynllwynio. Rhwng yr hela, a'r Rhufeiniaid, roedd digon i lenwi eu meddyliau a'u sgwrs.

Noson debyg i bob noson oedd hon a dim ond synau'r nos, fel brefiadau'r defaid a chri'r dylluan, i darfu ar y tawelwch y tu allan. Roedd yr anifeiliaid wedi cael eu corlannu yng nghefn y tŷ crwn a'r dofednod wedi clwydo fry yn yn y cwt uwchben y pyst. Yn sydyn, clywid clochdar y dofednod a dechreuodd ci hela ei thad ysgyrnygu'n isel a chodi ei glustiau yn dyrau bach ar ei ben. Doedd ganddo fawr o feddwl o ddieithriaid. Aeth llaw dde pob dyn am ei gleddyf. Sylwodd Arianrhod ar ei thad yn byseddu'r ffigwr bach od o ddyn oedd wedi'i gerfio ar garn ei gleddyf; dyna sut yr oedd wedi'i dreulio mor llyfn a chaboledig. Llanwyd y fynedfa gan ffurf dyn, a'r ennyd nesaf roedd yn sefyll yr ochr fewnol i'r trothwy, gan gysgodi ei lygaid â'i law chwith rhag cael ei ddallu gan fflamau'r tân. Yng ngolau'r fflamau sylwodd Arianrhod ar un goesarf arddurnedig a phlatiau metel ar y frest wrth i'r dyn frasgamu ymlaen. Yna gwelodd ei fantell goch. Clymwyd ei helmed dros ei wregys. Safai dyn y tu ôl iddo ac yntau wedi'i wisgo mewn ffurfwisg milwr. Llamodd calon Arianrhod cyn gynted ag y sylweddolodd mai dyma'r ddau a fu'n siarad â hi ar y traeth ar ddiwedd y prynhawn.

Ebychodd Publius, yr arweinydd, eiriau blin ac esboniodd Faustus eu hystyr.

'Oes raid iti gynnau coelcerth yn y tŷ bob amser?' gofynnodd yn bigog.

'Does neb yn gwybod pryd y daw gelyn,' atebodd ei thad, a'r ensyniad yn ei lais fod yr amser hwnnw wedi dod.

'Tyrd yn dy flaen, Cadfan,' meddai Publius yn ddiamynedd. 'Rwyt ti'n gwybod pwy ydw i.'

'Beth a wn i amdanat? Rwyt ti'n Rhufeiniwr. Hyd y gwn i fe allet roi cyllell yn fy nghefn neu yng nghefn unrhyw un o'm cymdeithion.'

'Ie, Rhufeiniwr,' atebodd Publius trwy ei ladmerydd, 'ac fe allaf eich sicrhau ein bod ni'n dirmygu rhyfelwyr sy'n defnyddio dulliau'r gyllell yn y cefn. Byddwn ni'n gwneud popeth wyneb yn wyneb. P'un bynnag, os ydw i'n ymddiried digon ynot ti i ddod yma fel hyn, fe ddylet tithau ymateb yr un modd.'

Gwnaeth y Cadfan, y pennaeth, arwydd ar i'r dynion eraill gadw eu cleddyfau.

'Beth ydi amcan dy daith yma?' gofynnodd.

'Roeddwn i'n meddwl bod dealltwriaeth rhyngom,' meddai Publius.

'Felly, mae.'

'Pan ddaethost i Segontium i ymweld â'r gwarchodlu newydd fe addewaist beidio ag achosi unrhyw drafferth.'

'Fydda'i byth yn torri addewid. Pa drafferth?'

'Yn y mwynfeydd copr. Mae'r gweithwyr wedi troi'n sarrug ar y naw. Os caiff un ei chwipio, a hynny am reswm da, mae'r lleill yn tanseilio'r gwaith ac yn difetha cynnyrch y graig mewn cant a mil o wahanol ffyrdd. Maent yn llenwi'r twnel â rwbel ac yna'n gwastraffu oriau yn ei glirio. Mi wyddost ti o'r gorau y math o beth. Mae'r ymerawdwr newydd, Severus, yn anfodlon iawn ar eu cynnyrch.

'Beth mae'n ddisgwyl, pan mae'n mynnu pob hawl dros y gweithfeydd iddo'i hun gan amddifadu'r bobl leol o'u breintiau. Roeddem ni, y bobl leol, yn mynd yno i gloddio digon at ein hanghenion ein hunain, heb fod mewn dyled i neb. Ond yn awr, mae canran o'r metel gorffenedig yn perthyn i Rufain. Gresyn inni glywed sôn am Rufain erioed!'

'Rhagrith!' ebychodd Publius. 'Roedd anghydfod gwaedlyd byth a hefyd rhwng y llwythau yn yr hen ddyddiau cyn i ni feddiannu'r lle.'

'Doedd dim caethweision yn gweithio yno fel heddiw i gadw pris a gwerth y cynnyrch yn isel. Y trueiniaid, yn gwisgo'r cadwynau haearn yna trwy'r dydd bob dydd!'

'Paid â choegio fod gen ti gydymdeimlad hefo'r caethweision,' gwaeddodd Publius. 'Mae'r sawl sy'n methu gwaredu eu hunain o'u dyledion yn haeddu bod yn gaethweision. Mae hyn mor wir yng ngolwg dy gymdeithas di ag yng ngolwg Rhufain. Dihirod ydyn nhw a wnaeth addewid i dyfu ŷd i'r fyddin ar eu ffermydd, ond oherwydd eu methiant mae'r llywodraethwr Albinus wedi gorfod mewnforio ŷd! A hynny ar adeg o gyni fel hon!'

Trwy gydol y sgwrs rhwng y ddau arweinydd bu Arianrhod yn sbecian trwy'r bwlch yn y llenni a dynnwyd fel drws dros drothwy'r ystafell pan gerddodd y ddau Rufeiniwr i mewn. Gallai weld cernlun hardd Publius, ei drwyn syth, ei ên a chyhyrau cryfion ei fraich a'i forddwyd wrth iddo blygu ymlaen i ddadlau â'i thad. Roedd y merched eraill, ei mam a'i chwiorydd a'i modryb, yn eistedd yn gefnsyth, fel ffyn, a phob un yn barod â dagr yn ei llaw rhag ofn y byddai angen cymorth ar y dynion. Ochneidiodd Arianrhod wrth feddwl am y fath agendor oedd rhwng syniadau ei thad a'r Rhufeiniwr ifanc hwn, mor ysblennydd yn ei ffurfwisg, a ffydd mor ddiysgog ganddo yn yr ymerodraeth.

'Fel roeddwn i'n dweud . . .' — clywodd hi ef yn siarad eto, a'i ladmerydd yn ailadrodd ei eiriau mor gyflym ag adlais o greigiau'r mynydd copr — '. . . mae'n rhaid i'r lol ddod i ben. Rwy'n mynnu gweld gwelliant sylweddol yn y cynnyrch. Ac os na fydd hynny'n digwydd mi fydd yn rhaid gwneud rhywbeth difrifol yn ei gylch.' Yna, cododd ei law fel petai'n cyfarch rhywun anweledig. 'Salve, Caesar.'

Ar yr un foment syrthiodd un o dlysau Arianrhod, oedd yn bachu dau ddarn o'i ffrog ynghyd dros ei hysgwydd, a thincial wrth rolio ar draws llawr y neuadd. Roedd yn amlwg fod Publius wedi cael braw. Llygadrythodd y dynion arno ond daeth ato'i hun bron ar unwaith. Cerddodd draw i'r fan lle'r oedd y tlws wedi aros a'i godi rhwng ei fys a'i fawd. Roedd yn dlws braidd yn ysmala: dau nobyn yn y pen a thri yn y gwaelod, wedi'u hasio â dau stribedyn o fetel. Pendronodd Publius yn ei gylch am rai eiliadau ac yna gwelodd mai pen ych oedd i fod, yn batrwm ac yn llun ar yr un pryd, yn dibynnu ar y ffordd yr edrychid arno. Gwaith amwys, meddyliodd, a oedd mor nodweddiadol o'r Celtiaid. Lledodd y mymryn lleiaf o wên dros ei wyneb.

'Pwy biau hwn?' gofynnodd gan sythu ac edrych o'i gwmpas. Doedd dim rhaid wrth y lladmerydd. Llithrodd Arianrhod allan o'i chuddfan yn betrusgar.

'Fi, syr,' meddai. Cyfarfu eu llygaid am ennyd, y naill yn edrych yn daer i wyneb y llall a'r ddau bâr o lygaid yn tywynnu. Rhoddodd Publius y tlws yn ôl iddi gan achub ar y cyfle i anwesu ei llaw yn frysiog wrth i'w bysedd gyffwrdd â'i gilydd. Ar fympwy rhoddodd Arianrhod y tlws yn ôl yng nghledr ei law ef, a phlygu ei fysedd drosto, a'i gwasgu'n dyner. Gwridodd y milwr ychydig a chamodd yn ôl wysg ei gefn gan wneud amnaid i'w chyfeiriad. Diflannodd Arianrhod y tu ôl i'r llen mor ysgafn ag ysbryd, a'i chalon yn curo fel tabwrdd. Troes Publius ar ei sawdl a chyrchu i gyfeiriad y drws. O'r braidd y llwyddodd i ddweud wrth Cadfan am gofio diben ei ymweliad, cyn mynd allan gyda'i filwyr i ddüwch y nos.

4

Treuliodd Publius noson gythryblus iawn mewn gwersyll nid nepell o Ddinllugwy. Roedd y babell ledr yn llaith. Meddyliai am y brodorion yn Ninllugwy yn cysgu'n glyd yn eu tai bach crwn o gerrig mawr. Bu llawer o chwerwder dros y blynyddoedd rhwng y bobl hyn a'r Rhufeiniaid oherwydd yr alanas a wnaethpwyd gan Suetonius mwy na chan mlynedd ynghynt pan geisiodd ddifodi'r derwyddon. Oni bai am hynny ni fyddai grym y Rhufeiniaid mor amlwg yn Segontium ac ni fyddai yntau wedi cyfarfod ag Arianrhod.

Bob gafael deuai ei feddwl yn ôl i ganolbwyntio ar ddelwedd o Arianrhod. Fe'i cafodd ei hun yn gresynu bod eu byd hwy mor wahanol. Dychmygodd gwrdd â hi yn y goedwig yn gyfrinachol, ceisiodd ei gweld hi'n gwenu arno a rhôi eiriau ar ei gwefusau; tybiodd ei fod yn rhoi ei ddwylo ar ei bochau a'i gwddf ond pan oedd ar fin cyffwrdd â hi, diflannai'r ddelwedd. A oedd gobaith ei chael hi, a'r bwlch rhyngddynt mor enfawr? Ond ei chael hi oedd ei nod trwy deg neu dwyll. Teimlai braidd yn flin wrtho'i hun ar yr un pryd am yr angerdd hwn a'i meddiannai. Beth oedd a wnelai tribiwn Rhufeinig â merch o lwyth cyntefig? Fe fyddai'r milwyr eraill yn y gaer yn Segontium yn chwerthin am ei ben petaent yn dod i synhwyro hyn, heb sôn am ei dylwyth yn ôl yn Rhufain.

Gobeithiai ei dad y senator drefnu priodas addas iddo ar ôl iddo gyflawni dwy neu dair blynedd yn y fyddin. Wedi iddo wasanaethu'r ymerodraeth ym mhellafion byd fel swyddog ifanc fe fyddai gyrfa seneddol ddisglair o'i flaen a phriodferch o dras uchel a chyfoethog yn ei aros. Gyda chryn drafferth y llwyddasai ei dad i gael swydd iddo fel tribiwn gan fod y cyfryw swyddi'n brin. Fe aent i'r llanciau oedd ar y brig bob amser neu o leiaf y rhai oedd yn adnabod y bobl iawn. Cas gan ei dad oedd crafu a gwenieithu ond fe wnaethai hynny er mwyn hybu ei fab a sicrhau y deuai ymlaen yn y byd. Dyletswydd Publius yn awr oedd ufuddhau i ddymuniadau ei dad ym mhob dim. Ac ni fyddai lle i Arianrhod yn hynny!

Sylweddolodd yn sydyn fod ei feddwl wedi crwydro ymhell a cheryddodd ei hun am synfyfyrio fel hyn. Wedi'r cwbl, nid oedd ond wedi ei gweld hi ddwywaith, a hynny am ychydig funudau yn unig, ac eto dyma lle'r oedd yn awr yn dechrau ei chynnwys yn eu gynlluniau at y dyfodol! Byddai hi'n hollol ddihafal ym mysg y merched a adawsai yn Rhufain. Byddai hi fel glöyn byw ymysg gwyfynod. Petai ef heb gael ei yrru o'r ugeinfed leng yng Nghaer i oruchwylio'r gwaith adeiladu yn Segontium ni fyddai erioed wedi'i gweld hi! Y ddewines fach â hi, neu'n hytrach y dduwies fach!

5

Deffrowyd Publius gan belydrau gwan y wawr. Roedd sŵn yr adar yn cyniwair yn y bedw deiliog gerllaw. Estynnodd am ei gleddyf a'i wregys, a chlymodd y ddwyfronneg sgleiniog dros ei ysgwydd. Roedd fel ail groen anystwyth am ei gorff. Roedd diferion o ddŵr wedi cronni ar groen y babell ac roedd yr awyrgylch yn ludiog anghynnes. Llusgodd allan o'r babell ar ei bedwar i'r lle'r oedd y gwyliwr yn pendwmpian. Ysgydwodd Publius ef yn egnïol.

'Fe allasem ni i gyd fod wedi cael ein trywanu tra oeddet ti'n cysgu,' meddai'n groch. 'Wyddost ti fod hawl gen i roi'r gosb eithaf iti am hyn — dy labyddio?'

Yn ei fraw cododd y milwr ar ffrwst yn llawn ymddiheuriadau.

'O Syr, newydd syrthio i gysgu yr oeddwn i. Wnewch chi faddau imi?'

Roedd Publius yn barod i faddau iddo ond rhag y byddai hynny'n dangos gwendid ar ei ran ni ddywedodd ddim. Wnâi hi ddim drwg i'r dyn chwysu am ryw hyd. Cofiai gadw'n effro y tro nesaf.

Plygodd y milwyr y pebyll ac fe fwytasant frecwast o fara a mêl ac yfed ychydig o laeth geifr.

Yna, cyrchodd y fintai am lan y môr ac fe'u cawsant eu hunain drachefn ar y llwybr march a arweiniai ar hyd yr arfordir troellog at y culfor rhwng Môn a'r tir mawr.

Roedd arwyddion y byddai'n ddiwrnod heulog unwaith eto. Cododd tipyn o wynt gan greu patrymau geometrig ar y môr gwyrddlas. Roedd pigau'r tonnau bach yn pefrio yn yr haul. Pigodd y ceffylau eu ffordd trwy'r rhedyn ar duth cyson tra chwaraeai'r gwynt ar fwng pob un fel bysedd chwim rhyw ganwr pibau. Sgrialodd ambell i ysgyfarnog o'u llwybr mor gyflym â chwip.

Cyraeddasant y rhyd lle angorwyd y bad i gludo'r tribiwn. Nofiodd y meirch a'u baich o ddynion drosodd. Troes Publius i syllu ar yr ynys yn pellhau. Rhywle ymysg y bryniau a'r prysgoed yr oedd hi, Arianrhod, yn ymystwyrian. Llithrodd ei fysedd dros y tlws yn ei fantell.

Ar ôl glanio, dilynasant y llwybr a arweiniai trwy goedwig drwchus ar y chwith. Roedd yn dda ganddynt wrth gysgod y coed am fod yr haul yn dechrau poethi metel eu harfwisg. Bron nad oedd yn bosibl clywed yr hud yn cerdded trwy'r coed. Roedd y goleuni'n wyrdd, ac ni fyddai'n rhyfeddod i Publius pe bai wedi gweld y derwyddon yn ymgynnull mewn llannerch i weddïo. Roedd delwau eu duwiau wedi'u cerfio ar y boncyffion.

Yn ôl ar y lôn agored, sylwodd Publius ar garreg filltir a osodwyd yno gan y cymhorthlu o Sbaen. Dim ond pum milltir eto ac fe fyddent gartref yn Segontium.

Ymhen yr awr, dringai'r orymdaith fechan i fyny'r allt a arweiniai at y gaer Rufeinig. Bob ochr i'r lôn gerrig a dorasai'r milwyr flynyddoedd yn ôl safai bythynnod bach pren lle'r oedd y brodorion yn byw. Daeth tyrfa fechan ohonynt allan ac ymuno â'r rhai oedd yn gweithio yn yr awyr agored, i edrych ar beth o ysblander Rhufain yn dychwelyd i'r gaer. Er nad oedd eu cartrefi'n llewyrchus roedd golwg raenus ar y trigolion. Roedd y rhan fwyaf yn lân, wedi arfer â mynychu'r baddondai a adeiladwyd gan y Rhufeiniaid nid nepell o'r gwersyll. Roedd rhai o'r dynion yn gwneud bywoliaeth drwy werthu crochenwaith, cwrw a thlysau i'r milwyr tra oedd nifer o'r merched yn wragedd o fath i'r milwyr ac yn famau i'w plant. Ni chaniateid i'r milwyr briodi'n swyddogol ond fe edrychai'r milwyr ar y merched a'r plant bach fel teulu go iawn, a mwynhaent bob munud o ymlacio yn eu bythynnod pryd bynnag y caent seibiant o'u dyletswyddau yn y gwersyll. Sugnai un plentyn bach raff o lin a grogai o wasg ei fam tra oedd hi'n ei berswadio i chwifio ei law ar ei dad. Bu llawer o bwnio a gwenu ar ei gilydd wrth i'r osgordd fynd heibio.

Cododd un hen ŵr o'r stôl lle bu'n eistedd. Roedd mwng o wallt ganddo wedi'i drin â chalch yn yr hen ddull. Gwisgai lodrau a glymwyd gan rwydwaith o raffau rhag ei lesteirio wrth ei waith. Safai ei weithdy y tu ôl i'r rhes bythynnod, ac fe ellid gweld trwy'r drws agored oleuni coch y ffwrnais a sawl cŷn a gefel o wahanol faint yn hongian ar y wal. Estynnodd rywbeth a ddaliai yn ei law i Publius.

'Wyt ti eisiau prynu tlws, syr?' gofynnodd mewn Lladin rhugl. Edrychodd Publius am ennyd ar y tlws cain ar ffurf corn ac yna chwarddodd. Roedd yn adnabod y brodor hwn bellach.

'Mae gen i un yn barod, diolch,' meddai.

Aeth bysedd Publius yn araf o'u bodd eu hunain at y tlws newydd a wisgai ar ysgwydd ei glogyn. Dilynodd golygon yr hen ŵr ei fysedd ac yna edrychodd mewn penbleth ar y tlws. Fe'i hadnabu fel un o'i wneuthuriad ef ei hun. Ceisiodd gofio i bwy yr oedd wedi'i werthu. Crychodd ei dalcen yn hir ar ôl i'r Rhufeiniaid fynd heibio, ond ni ddychwelai'r atgof.

'Mi ddaw yn ei amser ei hun,' meddyliodd.

Aeth yn ôl i'w weithdy lle'r oedd y golosg yn gloywi yn y ffwrnais gron o glai. Roedd yr haearn a roddasai ynddi yn barod i'w guro yn awr ac fe dreuliai'r prynhawn yn gwneud torch i gwsmer arall.

Daeth y merched ynghyd i sgwrsio â'i gilydd. Roedd pob un yn gytûn fod y tribiwn newydd yn hardd ei wedd.

'Sgwn i ydi o mor ffeind â'i olwg,' meddai'r fam ifanc, a'i phlentyn yn dal i afael yn ei gwisg.

'Mae o'n ddel odiaeth!' meddai ei chwaer gydag ochenaid.

'Waeth iti heb â dechrau meddwl amdano fy ngeneth i,' atebodd y llall. 'Uchelwr o Rufeiniwr ydi o. Mae ganddo ddewis o holl foneddigesau'r wlad — a'r ymerodraeth, os daw i hynny.'

'Beth mae o'n dda yn y fan hon ta?' gofynnodd merch ifanc arall. Daethai allan o'i bwthyn a phiser yn ei llaw i nôl dwr fel yr oedd yr orymdaith yn mynd heibio.

'Dwedodd fy ngŵr ei fod wedi cael ei anfon o'r ugeinfed leng yng Nghaer i ofalu am ryw waith trwsio adeiladau yn y gwersyll. Mae'r rheolwr yno, y *praefectus*, yn cwyno bod lleithder yn dod trwy'r waliau a bod y pencadlys yn oer.'

'Ble fuo nhw heddiw, tybed?' gofynnodd y ferch gan roi'r piser i lawr.

'Ddoe y cychwynnon nhw,' atebodd y fam ifanc. 'Piciodd fy ngŵr i ddweud wrthyf eu bod yn mynd ar wibdaith i Fôn a'u bod yn aros dros nos. Roedd i fod i ddod adref ond fe ohiriwyd ei amser rhydd gan fod y tribiwn angen ei wasanaeth fel cyfieithydd.'

'Gresyn nad ydyn nhw'n dysgu siarad ein hiaith ni.'

'Maen nhw'n dweud ei bod yn rhy anodd.'

'Wyt ti'n meddwl? Ond llawn cystal iddyn nhw beidio yn fy marn i. Mae yna amserau pan yw'n gyfleus cadw pethau rhagddynt.' Chwarddodd yn ysgafn.

'Beth fyddai dy ŵr yn ddweud am hynny?'

'Mae'n waith digon anodd cadw'r ddysgl yn wastad rhyngom ni a nhw weithiau. Ond mae'n medru bod yn deyrngar i'r ddwy ochr, medda fo. Wedi'r cwbl, roedd ei dad yntau yn filwr o Sbaen a'i fam yn un o'r ardal hon!'

'O Sbaen?' Edrychodd bachgen i fyny'n syn. Roedd y plant eraill wedi ymgolli yn eu gêm o daflu'r dis a symud cerrig bach caboledig. 'Ond mae Sbaen yn bell bell.'

'Wyddet ti ddim fod gwarchodlu o Sbaen yn byw yn y gwersyll cyn i'r milwyr presennol ddod?'

Roedd golwg bell yn llygaid y bachgen.

'Dyna beth dwi'n mynd i'w wneud. Dw i'n mynd i ymuno â'r lleng-filwyr yn y de, neu yng Nghaer hwyrach.'

Ysgydwodd y fam ifanc ei phen.

'Fedri di ddim, fy mach i. Dim ond disgynyddion Rhufain sy'n cael bod yn lleng-filwyr,'

'A sut ca'i fod yn Rhufeiniwr go iawn?'

'Mi fydd yn rhaid iti dreulio pum mlynedd ar hugain yn y cymhorthlu yn gyntaf. Yna fe gei di dystysgrif efydd i ddweud dy fod ti wedi ennill statws Rhufeiniwr trwy dy wasanaeth.'

'Mae hynny'n amser hir,' meddai'r bachgen yn drist.

6

Cleciai carnau'r ceffylau wrth i Publius a'i ddynion droedio'r sarn a godwyd dros y ffos, a mynd heibio i'r tŵr bach a gysgodai'r fynedfa i'r gwersyll. Tynnodd ceidwad y porth y barrau haearn yn ôl wrth iddo'u gweld yn nesáu. Cyfarchodd Publius ef trwy estyn ei fraich allan yn syth. Uwchben, yn llawr uchaf y tŵr, safai milwr arall. Gwarchod y peiriant catapwlt oedd ei ddyletswydd ef. Tuthiodd y ceffylau i fyny Ffordd Praetoria. Pan gyraeddasant y groesffordd lle rhedai Ffordd Principalis ar ei thraws, disgynnodd Publius o gefn ei geffyl a'r holl filwyr eraill yn ei sgîl. Tywysasant y ceffylau gerfydd eu ffrwynau i'r stablau ar y gongl chwith a'u trosglwyddo i'r milwyr oedd yn gofalu am y meirch am y diwrnod. Rhuthrasai'r rhain allan o'r adeilad pan welsant Publius a'i fintai'n dychwelyd, a dechreusant roi llieiniau dros gefnau'r ceffylau i sychu'r chwys a'r ewyn oedd arnynt a sibrwd geiriau mwyn i'w hesmwytháu ar ôl eu taith hir.

Trodd Publius at y fintai a bloeddiodd un gair a olygai ei fod yn eu rhyddhau. Aethant fesul grŵp o dri neu bedwar, yn lluddedig, at eu barics ar y chwith tra cerddodd Publius dros Ffordd Principalis ac i fynedfa'r pencadlys a safai yn syth o'i flaen. Brasgamodd ar draws y beili oedd wedi'i balmantu â cherrig sgwâr cymen. Tasgai dŵr ffres o ffynnon oedd yn y canol. Arhosodd

Publius i ddal peth ohono â'i dafod a'i adael i lifo dros ei wyneb a'i ddwylo. Amgylchwyd y beili â rhes o golofnau a gynhaliai do bychan fel yr adeiladau yn Rhufain. Wrth gwrs, roedd angen cyntedd o'r fath yn Rhufain i gysgodi pobl rhag yr haul wrth siarad â'u ffrindiau. Ond nid oedd llawer o ddiwrnodau o haul tanbaid fel heddiw a ddoe yn y cwr anghysbell hwn o'r byd, meddyliodd Publius. Heddiw a ddoe! Cofiodd unwaith eto am yr eneth a'u gwnaeth yn ddiwrnodau bythgofiadwy. Llanwyd ei feddwl ganddi a phrin y gallai goelio'r effaith a gawsai arno. Roedd arno eisiau gwybod popeth amdani, a'i meddiannu hi. Petai'n mynd i un o'r tyrau uwchben y pyrth fe allai weld dros y gwyrddni a'r glesni i Fôn ac i'r coed y nythai ei chartref yn eu mysg.

'Gawsoch chi hwyl ar eich siwrnai?' Daeth llais clên un o'i gyd-filwyr i'w glust. Croesai llwybr y ddau ar ganol y beili. 'Mae golwg ddwys ar dy wyneb.'

'Roedd fy meddwl ymhell i ffwrdd,' addefodd Publius. 'Gyda llaw,' ychwanegodd, gan gamu'n ôl i gael rhagor o sgwrs, 'sut hwyl sy ar yr hen ŵr heddiw?' Amneidiodd ei ben yn awgrymog i gyfeiriad y neuadd fawr a ymestynnai o'i flaen.

'Y *praefectus*?' meddai'r llall. 'O run fath ag arfer. Yn dweud fod y gwersyll yn mynd â'i ben iddo. Mae wedi bod yn disgwyl iti ddod yn ôl ers meitin.'

Atseiniai camre Publius wrth iddo gerdded ar draws llechi'r llawr. Ym mhen draw'r neuadd fawr gwelodd y *praefectus*; roedd yn eistedd yno ac yn crymu dros y bwrdd. Tynnodd Publius ei helmed a'i dal gerfydd y bachyn oedd yn ei chefn. Cododd y *praefectus* i'w groesawu. Roedd blynyddoedd o bryder wedi gadael rhychau dyfnion yn ei dalcen ac yr oedd llinellau main wedi culhau ei lygaid pŵl a'i wefusau. Gwisgai diwnig gwyn o wlân ac er iddo adael ei lurig lafnog yn agored yn y ffrynt roedd arogl ei chwys yn mynegi ei fod yn rhy boeth o hyd. Crafodd ei gorun rhwng y mymryn gwallt brith oedd ganddo, a chywasgodd ei aeliau. Roedd gwên fach gam ar ei wefusau.

'Pa newydd sydd o'r mwynglawdd, tribiwn?' gofynnodd. Roedd yn amlwg ei fod yn disgwyl newydd cas.

'Fawr o ddim byd, syr,' atebodd Publius. 'Hynny yw, dim byd nad oeddet ti'n ei wybod o'r blaen. Mae'r gweithwyr rhydd yn cwyno bod y cwmni yn eu trin fel caethweision ac mae'r caethweision yn cwyno eu bod yn cael eu trin fel anifeiliaid.'

'Beth arall maent yn ei ddisgwyl? Bara a sioeau cleddyfwyr fel petaent yn byw yn Rhufain?'

'Rhaid deall, syr, fod y bobl hyn wedi helpu eu hunain i gyfoeth y mwynau am genedlaethau cyn i'r cwmni o Rufain ei gymryd drosodd. Maen nhw'n gwarafun rhoi'r cynnyrch i'r Rhufeiniaid.'

Sythodd y *praefectus*.

'Ydw i i ddeall dy fod ti'n ceisio eu cyfiawnhau, tribiwn? Mae pawb a phopeth i weithio dros yr ymerodraeth ac er ei budd.'

'Nid ceisio cyfiawnhau, syr. Ond cyn ennill dynion at dy achos mae'n rhaid ceisio deall eu meddylfryd.'

'Siarad gwag rwy'n galw hynny. Rwyt ti, ŵr ifanc, wedi cael gormod o addysg, gormod o siarad a dim digon o weithredu. Llawn cystal dy fod ti a'th debyg yn cael profiad yn y byd milwrol cyn ymgymryd â gwleidyddiaeth.'

Yn sydyn, fe'i hataliodd ei hun a lleddfu peth ar dôn ei lais.

'Boed hynny fel y bo,' meddai. 'Gwrando arnaf i a chymer gyngor gan hen filwr. Mae pobl yn 'styfnig. Wnân nhw mo'r hyn sydd orau iddynt onibai eu bod yn cael eu bygwth, ac ie, eu cosbi. I'r eithaf weithiau, er mwyn dangos pwy yw'r meistr.'

'Cytuno, syr. Ond — fedra' i ddim peidio â rhoi fy hun yn eu lle.'

Bloeddio chwerthin a wnaeth y llall.

'Fyddi di byth yn gwneud milwr, heb sôn am ymerawdwr y dyfodol! Beth sy wedi dod dros dy ben di, dywed?'

Nid atebodd Publius ond fe aeth y *praefectus* ymlaen heb sylwi ar hynny.

'Gwrando, fy machgen gwyn i; mi fyddai'r bobl hyn yn barod i wadu pob cytundeb a wnaethant, dwyn cyrch yn ein herbyn, tyngu'n ffals, gwneud erchyllterau er mwyn arian a . . .'

'Run fath â phawb arall,' meddai Publius gan dorri ar ei draws.

'Celtiaid ydyn nhw!' gwaeddodd y *praefectus*. Mae hynny'n ddigon on'd ydi?'

Dechreuodd gerdded yn ôl a blaen wrth sgwrsio fel hyn. Edrychodd i fyny ar gerflun o'r ymerawdwr a syllai arnynt ill dau yn feirniadol.

'Arian, arian, tribiwn, dyna beth sydd wrth wraidd pob drygioni, chwedl rhywun neu'i gilydd — un o'th athronwyr, dwi'n credu.'

'Chwedl yr Iddewon, syr.'

'Wel, wel, ti a ŵyr. Mae'n hollbwysig inni wneud llwyddiant o'r mwyngloddiau. Mae'r sefyllfa economaidd yn ddybryd trwy'r ymerodraeth. Mae'r gwarchodlu yn Rhufain wedi dihysbyddu'r trysorlys â'u gofynion ynfyd. Mi fyddai'n eitha gwaith â nhw i roi rhagor o'r Celtiaid yma mewn cadwynau.

'Cadwynau? O na syr, rwy'n anghytuno. Hyd y gwelaf i fe weithiai'r sawl sy mewn cadwynau eisoes yn ganmil gwell petaent yn rhydd i symud.'

Chwarddodd y *praefectus* eto, yn sarrug.

'Fe fuasent i gyd wedi rhedeg i ffwrdd ymhen yr awr.'

'Tybed,' atebodd Publius yn feddyglar. 'I ble'r aent? Na, rwy'n credu mewn llafur rhydd fy hun.'

'Rwyt ti'n fwy o ffŵl nag a dybiais, tribiwn,' atebodd y *praefectus* yn chwyrn. 'Mae gen ti lawer i'w ddysgu.' Ysgydwodd ei ben yn dadol.

Haws gan y *praefectus* siarad yn llym na gweithredu'n llym, meddyliodd Publius. Fe allasai fod yn ddyn digon teimladwy ond roedd ei waith yn y fyddin, a gyflawnodd yn erbyn ei gyneddfau weithiau, wedi'i droi yn sinig. Wrth edrych arno'n awr, cafodd Publius ddarlun ohono'i hun ymhen ugain mlynedd pe bai'n aros yn y fyddin. Efallai y byddai'r un peth yn digwydd pe bai'n ymroi i fywyd seneddol hefyd.

'Mi wnest ti roi ar ddeall iddynt, gobeithio, na fyddaf yn petruso cyn anfon y milwyr i mewn os na fydd gwelliant?'

'Roedd ein hymweliad yn gwneud hynny'n ddigon amlwg, syr.'

'O'r gorau, tribiwn. Gwelaf di wrth y bwrdd cinio heno.' Estynnodd Publius ei fraich mewn cyfarchiad cyn gadael y *praefectus* yn tacluso'r silindrau o bapurau ar ei ddesg.

7

Roedd gan Publius gur yn ei ben pan gododd. Tybiai iddo gael gormod o win i'w yfed gyda'i ginio yn nhŷ'r *praefectus* y noson gynt, ac yn awr yr oedd yn talu'r pris. Roedd yn gymedrol fel arfer, yn fwy cymedrol o lawer nag ambell i dribiwn arall a adwaenai. Nid oedd wedi sylweddoli faint yr oedd yn ei yfed, neu efallai nad oedd gwas y *praefectus* wedi ychwanegu digon o ddŵr i'w ddiod. Y gwin gorau ydoedd, wedi'i fewnforio o Sbaen i'r porthladd oedd wrth bwys y gwersyll.

Roedd y *praefectus* a'i wraig wedi ceisio gwneud iddo deimlo'n gartrefol gan dybio ei fod lawn mor hiraethus am ei gartref yn Rhufain â hwythau. Roedd y tŷ wedi'i gynllunio fel y byddent yn cael eu hatgoffa'n barhaus o safonau ac arferion y dinasoedd gwâr ledled yr ymerodraeth. Roedd sgwâr agored yng nghanol y tŷ a digon o le i dyfu rhosod a gwrychoedd ynddo. Safai rhesi o golofnau ar ymylon y sgwâr i gynnal bondo o briddfeini taclus. Roedd y bondo'n ymestyn o'r ystafelloedd a adeiladwyd ar hyd pedair ochr y sgwâr. Cafwyd y cinio yn un o'r ystafelloedd mwyaf. Dyna lle'r oedd y *praefectus* a'i wraig, tri dengwriad oedd yn feistri ar wahanol grwpiau o farchogion, a'r tribiwn Publius yn lled-orwedd ar y tri glwth o gwmpas y bwrdd i fwyta'r danteithion a fewnforiwyd o'r Eidal rai dyddiau ynghynt.

Cofiai Publius bytiau o'r sgwrs wrth iddo godi. Achwyn yr oedd pawb am y sefyllfa y cawsant eu hunain ynddi yma ym mhen draw'r byd, ac yr oeddynt oll yn gytûn fod yr hinsawdd yn effeithio er gwaeth ar deithi'r trigolion.

'Mae eu datblygiad gymaint yn well yn y de lle mae ychydig mwy o heulwen,' sylwodd gwraig y *praefectus*.

'Ac eto i gyd,' meddai Publius, 'mae'r tywydd yn y fan hon wedi bod yn ddifai ers wythnos.'

'Rwy'n credu fod y duwiau'n gwenu ar ddyfodiad ein tribiwn i'n plith,' meddai'r dengwriad Macer. 'Onid oedd yn chwith gen ti ymadael â Chaer, syr?'

'Caer!' ochneidiodd y *praefectus*, cyn i Publius gael amser i ateb. 'Byddai'n dda iawn gen i fod yn ôl yng Nghaer. O leiaf mae mwy o gysur yn y fan honno os yw'r tywydd yn arw. Treuliais ddeng mlynedd yng Nghaer, yn ganwriad a phrif-ganwriad cyn imi gael fy nyrchafu — fel y dywedir — yn *praefectus* yn y fan hon. Braint wrth gwrs, ac mae milwyr yn filwyr ym mhob man — ond am le!'

Chwarddodd y cwmni ac eithrio Publius i ddangos eu bod yn ategu'i sylwadau.

'Mae'r ardal yn hardd,' meddai Publius. Dymunai wneud amddiffyniad cryfach na hyn, ond ni theimlai fod y foment hon yn un addas i'w wneud.

'Nid dod yma i edmygu'r bywyd gwyllt a wnaethom ni,' atebodd Macer. A siglodd y cwmni'n fwyfwy mewn hwyl braf.

'Er bod digon o hynny hefyd, os ydych yn cynnwys y trigolion,' meddai dengwriad arall.

'Nac ydw. Lloi ydi'r rheini!'

'Mae eu ffordd o fyw'n wahanol iawn i ni ond cofiwch fod ganddynt eu ffordd arbennig eu hunain hefyd,' meddai Publius.

'Dwn i ddim beth sy wedi dod dros dy ben di, Publius,' meddai'r *praefectus* gan ei geryddu'n ysgafn, 'a hynny ers iti fynd i ymweld â'n brodor pendefigaidd Cadfan.'

Gwridodd Publius. Bloeddio chwerthin a wnaeth y lleill.

'Ydi o wedi bwrw ei hud arnat, syr? Buan iawn y dysgi di nad oes dim coel i'w roi arno. Mae'n ceisio ein twyllo ni bob tro y daw yma i dalu ei drethi.'

'Rho dy hun yn ei le . . .' dechreuodd Publius.

'Paid byth â gwneud hynny.' Torrodd y *praefectus* ar ei draws mewn tôn a fynegai ei fod o ddifrif yn awr. 'Ni thycia i filwr wneud hynny, byth.'

Bu saib am ennyd ac yna, er mwyn dod â pheth ysgafnder yn ôl i'r drafodaeth, cellweiriodd Macer eto. 'Brenin mawr, syr, mi fyddi di'n meddwl am ddysgu eu hiaith nhw nesaf!'

Dysgu eu hiaith! Fel arfer, mae geiriau a ynganwyd y noson gynt yn ymddangos yn fas yng ngoleuni'r dydd, ond roedd mwy o synnwyr yn y geiriau hyn nag a sylweddolodd yr un a'u llefarodd. Po fwyaf y meddyliai Publius am y syniad, mwyaf yn y byd yr apeliodd ato. Ar y dechrau edliwiodd iddo'i hun mai merch oedd wrth wraidd ei awydd sydyn i ddysgu iaith newydd, a merch yn unig. Pa bryd y câi'r cyfle i'w gweld hi eto prun bynnag? Fe'i gwelodd ei hun yn dechrau gwneud pethau afresymol — fel pob carwr mewn chwedlau — ac yr oedd yn prysur golli adnabod arno'i hun! Nid oedd dysgu iaith yn fwy tebyg o lwyddo ym myd serch na'r offrymau a roddid mewn cysegrfan, neu foddion hen wrachod, ond roedd am roi cynnig arni. Fe ofynnai i Faustus ddysgu'r iaith iddo.

Gwisgodd ei arfwisg amdano a dod allan o'i ystafell wely yn nhŷ'r *praefectus*. Roedd y milwyr wedi codi ers peth amser ac wedi dechrau ar ddyletswyddau a gorchwylion y dydd. Aeth Publius heibio i rai oedd yn ymarfer â'u cleddyfau dan floeddio bob tro y sgoriai un ohonynt bwynt oddi ar ei gymar. Yn y cae y tu allan, roedd rhai eraill yn eu taflu eu hunain, a holl bwysau eu harfwisg amdanynt, ar gefn y ceffylau ac yna'n gyrru'r meirch yn wyllt o un pen y cae i'r llall gan dynnu'r ffrwynau a throi'n sydyn. Roedd eu bonllefau'n atseinio trwy'r awyr glir. Edrychodd Publius i fyny i ben y mur. Gwelodd ddau filwr yn dal pen rheswm wrth gerdded o amgylch y gaer ar y llwybr cul, ac adlewyrchai fin eu gwaywffyn haul y bore.

'Welaist ti Faustus yn rhywle?' gofynnodd i filwr a eisteddai o dan fondo rhes o gabanau sgwâr oedd ynghlwm wrth ei gilydd. Cododd y milwr yn syth o'i waith coblera, a gollyngodd y sandal a'r lledr newydd o'i afael.

'Syr,' meddai, 'mae Faustus yn ei ystafell o hyd.'

Brysiodd Publius heibio i hanner dwsin o gabanau, a'i gamre'n plygu estyll pren y balconi yn eu tro. Cyrhaeddodd y caban olaf a ymestynnai allan hyd at bileri'r balconi. Trwy'r drws agored gwelodd Faustus yn eistedd wrth y bwrdd ac yn ysgrifennu tra oedd y dengwriad Macer yn arddweud rhywbeth wrtho. Pan aeth i mewn i'r caban clywodd Publius hwy'n sôn am dreuliau gwersyll.

'Hwyrach y byddai'n fwy cyfleus imi alw eto, ymhen ychydig,' meddai Publius. Roedd wedi cael ei daflu oddi ar ei echel braidd o weld y dengwriad yno hefyd. Er y gwyddai fod Faustus yn rhannu'r caban hwn yn rhinwedd ei swydd fel dirprwy iddo, disgwyliasai i'r dengwriad fod wrthi'n hyfforddi ei filwyr yr adeg hon o'r bore.

'Dim o gwbl, tribiwn,' meddai Macer. 'Croeso. Mae'r *praefectus* wedi gofyn imi restru'r pethau sydd angen eu hatgyweirio yma. Cyn eu trafod gyda thi, dealla di! Maent yn boendod mawr i'r hen ŵr.'

'Beth gawn ni ei wneud iti, syr,' gofynnodd Faustus.

Bwriodd Publius olwg ddrwgdybus sydyn i gyfeiriad Macer cyn ateb.

'Mae a wnelo â'r gwaith cyfieithu,' meddai.

'Peidiwch â phoeni amdanaf fi,' meddai Macer. 'Cewch ryddid i siarad yn breifat.' Ciliodd i'r ystafell gefn, a llond ei freichiau o bapurau.

'Rwyf am iti ddysgu'r iaith imi, Faustus.'

Edrychodd Faustus yn syn am ennyd. Yna, ailadroddodd eiriau Publius, yn uwch nag y bwriadai.

'Dysgu'r iaith!'

Clywsant sŵn o'r ystafell fewnol. Roedd Macer yn chwerthin.

8

Bu Publius a Faustus yn y baddondai ar ôl pryd canol dydd. Nid oeddynt yn foethus nac yn fawr, yn ôl safonau'r Rhufeiniaid, ond fe wnaent y tro i ddifyrru'r amser. Gobeithiai Publius gyfuno awr hamdden yn y baddondai bob dydd â gwers yn iaith y Brythoniaid. Ni thynnent gymaint o sylw atynt eu hunain yn y fan hon ychwaith, gan fod pawb yn ymgolli yn yr hwyl a geid yn y dŵr. Wedi iddynt adael eu dillad yng ngofal y milwr oedd ar ddyletswydd aethant i eistedd ar fainc garreg yn un o'r cilfachau ar ochr y pwll. Chwaraeai grŵp o filwyr â phêl yn y dŵr, gan grochlefain yn afreolus ac ymosod ar ei gilydd er mwyn cipio'r bêl. Roedd un arall yn plymio i mewn i'r dŵr gan wyro ei gorff fel llamhidydd. Tasgai'r dŵr i fyny ar ei ôl a thincial fel y cadwynau bach mewn llurig wrth i rywun ei roi amdano.

'Pam dy fod ti'n awyddus i ddysgu ein hiaith, syr?' gofynnodd Faustus.

'Rwy'n sylwi dy fod ti'n dweud 'ein hiaith', Faustus,' meddai Publius. 'Wyt ti'n dal i deimlo dy fod ti'n perthyn iddyn nhw yn fwy nag i ni?'

'Dw i ddim yn sicr beth rwy'n deimlo ar adegau, syr. Ysbaenwr oedd fy nhad. Lladin oedd yr unig iaith a siaredid yn y fro yr hanai ef ohoni. Daeth ei yrfa yn y cymhorthlu ag ef i'r rhan yma o'r byd. Canwriad oedd o erbyn hynny.' Dywedodd hyn gyda balchder. 'Syrthiodd mewn cariad, dros ei ben a'i glustiau, gyda merch leol. Fy mam,' ychwanegodd dan wenu. 'Ond dwyt ti byth wedi ateb fy nghwestiwn, syr. Pam dysgu'r iaith?'

'Mae hanes yn ei ailadrodd ei hun, Faustus. Mae dynion yn gwneud yr un pethau o genhedlaeth i genhedlaeth.'

'Rwyt ti'n iawn, syr. Roeddwn i am ddilyn yng nghamre fy nhad ers pan rwy'n cofio. Anaml y câi'r cyfle i ymweld â ni gartref. Dyna sut y cadwodd holl swyn ei bresenoldeb yng ngolwg fy mam a ni'r plant fel ei gilydd. Roedd y diwrnodau pryd oedd yn rhydd i aros gyda ni yn rhai arbennig iawn. Cofiaf ddisgleirdeb a chaledwch ei arfwisg hyd heddiw. Ond rwyt ti'n osgoi'r cwestiwn eto.'

'Dw i newydd ei ateb, Faustus. Sut y medra i ei wneud yn gliriach iti, tybed? Aros di. Beth petawn i'n gofyn iti ddysgu imi ddweud yn gyntaf, "Rwy'n dy garu, eneth o Fôn"?'

Edrychodd Faustus arno mewn syfrdandod. Toc, lledodd gwên ddireidus dros ei wyneb.

'Tawn i'n marw, syr. Rwyt ti am dipyn o sbri felly, a gwneud yn fawr o dy amser yma. Hei lwc iti, ddweda' i. Ond mae'r *praefectus* yn cadw llygad barcud ar bawb, boed yn dribiwn neu'n filwr cyffredin, rhag ofn i neb gamddefnyddio ei amser yma!'

'Gad inni ddeall ein gilydd o'r dechrau, Faustus. Rwyf o ddifrif ynglŷn â'r ferch.' Ac wrth ynganu'r geiriau hyn teimlai fel petai'n gwrando ar rywun arall yn eu llefaru. Bu saib cyn i Faustus ateb.

'Ond, syr, yr ydych chi'n dau yn perthyn i ddau fyd gwahanol.'

'Fyddan nhw ddim cymaint yn wahanol unwaith y byddaf wedi dysgu'r iaith.'

Roedd penbleth a thosturi yn gymysg ar wyneb Faustus.

'Mae ei thylwyth hi ganrifoedd ar ôl yr oes,' meddai'n araf. 'Byddai'n amhosibl iddi ei chymathu ei hun â chymdeithas y Rhufeiniaid.'

'Mae pobl eraill wedi llwyddo. Meddylia am bobl y de ar yr ynys hon. Maen nhw hyd yn oed yn barod i uniaethu eu duwiau â'n duwiau ni.'

'Ond rwyt ti'n anghofio am un anhawster mawr.'

'Beth yw hwnnw?'

'Ei thad!'

'Cadfan?' Chwarddodd Publius. 'Mi fydd yn barod i dderbyn ei gwerth hi fel priodferch.'

'Dw i ofn nad wyt ti'n deall pobl y cyffiniau hyn o gwbl. Mae Cadfan yn ddyn trofaus. Po fwyaf y diddordeb a ddangosi yn ei ferch, mwyaf oll fydd ei wrthwynebiad.'

'Wel, mi wn i fod yn rhaid imi fentro, Faustus.'

'A beth am dy deulu di? Mi fydd dy dad wedi'i gythruddo pan glyw dy fod yn dod â gwraig ddieithr adref. Onid wyt ti wedi dyweddïo'n barod?'

'Nid yn unol â'm ewyllys i. Ond pethau cyntaf yn gyntaf. A throi yn ôl at y gwersi yn yr iaith, sut mae'r ferf 'caru' yn rhedeg?'

9

Pan gyraeddasant y gwersyll drachefn, roedd neges oddi wrth y *praefectus* yn aros Publius. Daeth milwr ato wrth iddo groesi'r sarn a adeiladwyd dros y ffos, gan ddweud bod y *praefectus* yn awyddus i'w weld gynted ag yr oedd yn gyfleus iddo.

'Mae hynny'n golygu ar unwaith,' meddai Faustus â gwên wybodus.

'Felly rwyf innau'n amau,' cytunodd Publius.

Roedd yr awr a dreuliasai yn y baddondai a'r hwyl a gawsai ar y wers wedi'i roi mewn hwyliau perffaith, a theimlai'n barod i ymrafael ag unrhyw bwnc a godai'r *praefectus*. Cerddodd yn sionc i lawr Stryd Principalis ac ar hyd mur yr ysgubor fawr hirsgwar ar y dde lle cedwid y grawn. Roedd dau filwr yn pwyso'n ysgafala yn erbyn congl yr ysgubor. Pwniodd y naill y llall wrth weld Publius yn mynd heibio, a cheisiodd y ddau sythu rhag iddo dybio eu bod yn segura.

'Prynhawn da, syr,' meddai un, a thinc o wawd yn ei lais.

'Sut mae iaith y Brythoniaid yn dod ymlaen?' gofynnodd y llall.

Safodd Publius yn stond am ennyd.

'Beth a wyddost ti am hynny?' gofynnodd yn swta.

'Mae si ar led dy fod ti'n dysgu'r iaith,' atebodd yr un cyntaf yn wastad. Troes Publius tuag atynt yn fygythiol, gan wneud yn eglur nad oedd yn hoff o'u hagwedd.

'Dydym ni ddim yn bwriadu unrhyw dramgwydd syr. Mae'n beth naturiol iawn i rywun ysgolheigaidd fel ti ymddiddori yn y diwylliant lleol.'

Nid oedd Publius yn argyhoeddedig o'u diffuantrwydd ond teimlai'n flin wrtho'i hun am ymateb mor chwyrn yn y lle cyntaf. Wedi'r cyfan nid oedd angen ei gyfiawnhau ei hun i neb yn y fan hon. Er nad oedd yn filwr profiadol roedd ei radd a'i statws yn ei osod yn uwch na'r *praefectus* ei hun hyd yn oed.

'Ydych chi ar ddyletswydd, ynteu'n dal yr adeilad i fyny?' holodd yn watwarus.

'Rydym ni'n malu'r ŷd, syr.'

'Rwy'n awgrymu ichi wneud hynny, felly, yn lle malu awyr. Gwnewch ddwywaith eich cyfran.'

Clywodd y ddau'n chwerthin yn ddistaw y tu cefn iddo wrth iddo symud ymlaen ar ei daith. Ni allai fod yn siwr mai ef oedd achos eu hwyl ond cofiodd chwerthiniad Macer o'r ystafell gefn ychydig amser ynghynt.

Disgwyliai'r *praefectus* amdano ar ei sefyll yn neuadd y pencadlys. Daliai rolyn o bapur yn ei law, ac roedd golwg feddylgar ar ei wyneb.

'Mi ddoist ti'n brydlon. Rwy'n gwerthfawrogi hynny, tribiwn. Rwyf newydd gael adroddiad Macer ac rwyf am ddangos iti y rhannau o'r adeilad sydd angen sylw.'

Estynnodd ei law at y rhes o ystafelloedd yng nghefn y neuadd. Roedd y gewynnau yn rhedeg fel ffrydiau ar hyd ei fraich lydan a rhwng ei figyrnau cnapiog. Arweiniodd Publius i mewn i'r ystafell ganol oedd yn gapel. Ar hyd y wal, gosodwyd baneri'r gatrawd mewn rhesi taclus cymesur.

Roedd y polion metel wedi'u caboli nes eu bod yn serennu â glendid, fel y ffigurau oedd arnynt. Roedd y milwyr yn eu tro wedi chwalu pob gronyn o lwch oddi ar ddelwau efydd yr arwyr oedd yn neilltuol i'r adran hon o'r fyddin Rufeinig. Coronwyd y cwbl gan wyneb aur yr ymerawdwr Septimus Severus.

Roedd ffigurau bach o'r tarw a'r fleiddiast ar y polion hefyd, ac arwydd y cytser oedd yn ei anterth pan ffurfiwyd y cwmni hwn o filwyr. Darn igam-ogam a gynrychiolai daranfollt y duw Iau. Roedd pob llinell yn y gwaith metel yn glir. Mwynhâi'r milwyr y dasg hon o ofalu am y baneri, yr arwyddion fel y galwent hwy, gan eu bod yn llawn ystyr iddynt. Onid oedd ysbrydion gwarcheidiol y milwyr yn trigo yn y rhain?

'Rwy'n gobeithio adeiladu trysorgell yn y capel hwn,' datganodd y *praefectus*. 'Mae angen un ers amser maith. Pan fo'r tâl misol yn cyrraedd o Gaer mae'n ormod i'w gadw yn swyddfa'r bwrsar y drws nesaf. Gyda'r chwyddiant sydd ohoni, rwy'n rhagweld y bydd yr arian yn mynd yn fwy niferus a swmpus yn feunyddiol.'

'Wyt ti'n bwriadu ehangu'r ystafell yn y cefn?'

'Na, mae gennyf well syniad na hynny. Meddwl oeddwn am godi rhan o'r llawr a naddu daeargell odano. Mi fyddai'r arian yn fwy diogel wedyn, rhag ofn i rai o'r llwythau gwyllt sydd o'n cwmpas oresgyn y gaer rywdro.'

'Rwyt ti'n besimistaidd iawn, syr,' oedd sylw Publius.

'Mae'r bywyd milwrol yn dysgu rhywun i fod felly, ŵr ifanc. Cyn gynted ag y mae un llwyth wedi'i ddofi mae un arall yn codi i'th erbyn. Rhaid bod yn wyliadwrus bob amser.' Yna ychwanegodd, 'Edrych ymlaen at ymddeol yr wyf yn awr, a byw'n heddychlon ar lannau'r Môr Canoldir. Ond fe hoffwn wneud rhyw argraff ar y gwersyll cyn mynd. Gad imi ddangos iti yr hyn y bwriadaf ei wneud yn y swyddfa drws nesaf.'

Arweiniodd y ffordd i ystafell ar y chwith.

'Rwyf am roi gwres canolog i mewn yma,' esboniodd. 'Mae'r bwrsar yn cwyno'n barhaus fod y lle'n drybeilig o oer yn y gaeaf. Wrth gwrs, mi fydd yn rhaid ymestyn yr ystafell i wneud lle i'r ffwrnais.'

'Oni fydd hynny'n golygu cau Stryd Quintana yn rhannol?'

'Bydd, mae arnaf ofn, ond dyna'r unig ffordd i wneud y gwaith hyd y gwela' i. Byddwn yn ddiolchgar petait ti'n pwyso ar yr awdurdodau yng Nghaer i roi caniatâd.'

'Mi wnaf fy ngorau,' meddai Publius gan dderbyn y papurau o law'r *praefectus*. Edrychodd yn fras dros y cyfrifon a ysgrifennwyd arnynt.

'Y drwg ydi fod cymaint wedi cael ei wario ar yr adeiladau yn y fan hon yn barod — dros gyfnod o amser,' ychwanegodd yn frysiog wrth weld bod y *praefectus* ar fin protestio. 'Mae'r pencadlys ei hun wedi cael ei adnewyddu'n sylweddol, ac fel y gwyddost, cwtogi ar y ceiri bach yw'r polisi swyddogol yn awr.'

'Mae hynny'n bolisi cibddall yn fy marn i.'

'Wel, mae'r cadfridog yng Nghaer yn honni nad oes cymaint o'u hangen bellach gan fod y sefyllfa'n weddol sefydlog yn y fan hon.'

'Gresyn na ddeuai i weld drosto ei hun weithiau. Does dim rhaid iddo ef ddioddef byw ochr yn ochr â'r bwrsar ychwaith!' Gwnaeth ystum i fynegi ei ddiflastod. 'Rwyt ti'n gweld y problemau, on'd wyt ti Publius?'

'Ydw, ac eto rwy'n gweld problemau'r cadfridog hefyd. Gellid gwario miloedd ar y gaer hon yn Segontium, a hynny i ddim ond i wagio'r lle ar fyr rybudd, a hynny'n fuan.'

Cododd y *praefectus* ei ysgwyddau a lledodd ei freichiau i ddangos ei fod yn trosglwyddo'r busnes i ofal Publius.

'Gwna dy orau, beth bynnag,' meddai wrth i Publius ymadael. 'A gyda llaw, paid â mwydro dy ben yn ormodol hefo iaith y Brythoniaid 'ma. Fyddan nhw ddim smic yn falchach. Rwy'n siarad o brofiad!'

Fedrai Publius ddim peidio â gwenu pan glywodd ei eiriau olaf. Roedd y *praefectus* wedi'i ddadrithio'n llwyr, ac eto roedd yntau hefyd wedi rhoi cynnig ar ddysgu'r iaith. Ond buan y cymylodd ei wyneb pan sylweddolodd hefyd pa mor fuan y daethai'r newydd amdano'n dysgu'r iaith i glyw'r *praefectus*.

10

'Saf yn llonydd, Arianrhod!' gorchmynnodd ei mam yn ddiamynedd. 'Fydd y wisg byth yn barod os byddi'n gwingo fel yna bob tro rwy'n ceisio ei threfnu dros dy ysgwydd. Na, dw i ddim haws â'i gadael fel y mae. Dyw'r plygiadau ddim yn iawn.'

'Mi fyddant yn cymryd eu lle unwaith y bydd y tlws yn cydio ynddynt.'

'Gresyn dy fod ti wedi colli'r tlws bach pen ych,' ochneidiodd ei mam. 'Hwnnw oedd y gorau am ddal pethau wrth ei gilydd. Rwyt ti mor ddiofal, ferch.'

Cododd ei chwaer Gwenith ei phen o'i gwaith troelli gwlân i fingamu arni. Roedd hi'n mwynhau gweld anesmwythyd Arianrhod.

'Mae'r edau yn mynd i dorri eto!' meddai Arianrhod gan bwyntio at y dröell oedd yr un siâp â mochyn-coed yn llaw ei chwaer ieuengach. Gobeithiai droi'r stori oddi wrth y tlws a dial ar Gwenith ar yr un pryd.

'Mae'r ddwy ohonoch chi mor ddidoreth,' cwynodd eu mam. 'A finnau heb feibion i ddod â chysur imi. Mae'n siom fawr i'ch tad. Onibai fod gan eich ewythr Llŷr feibion cryf ni fyddai olyniaeth yn y llwyth o gwbl.'

Anwybyddodd Arianrhod y sylw olaf. Gwyddai fod ei rhieni'n awyddus i'w gweld yn priodi'r hynaf o'i chefndyr. Yna caent eu bodloni fod yr olyniaeth yn parhau yn yr un gangen o'r teulu. Os nad oedd gan ei thad fab i'w ddilyn, o leiaf byddai gobaith o gael ŵyr. Ond ni hoffai Arianrhod yr un o'i chefndyr. Roeddynt yn llanciau rhodresgar a rhyfelgar. Neu o leiaf, ysmalient eu bod yn hoff o ryfela. Hoffent eu dangos eu hunain yn anad dim, gan dynnu llanciau eraill yn eu pennau'n fwriadol er mwyn cael esgus i roi curfa iddynt. Er pan oeddynt yn ddim ond cenawon bach rhoesant eu holl fryd ar gwffio ac ymrafael. Ymarferent â'i gilydd, a gwae i neb arall ennill yr un ornest: byddai'n gorfod talu'n hallt i'r pedwar ohonynt yn y goedwig liw nos. Aeth cryndod dros Arianrhod wrth gofio'r Ŵyl ddiwethaf pryd roedd ffrae wedi codi rhwng Broch, y cefnder hynaf ac un o'r gwesteion o bentref cyfagos. Hawliai y ddau y darn mwyaf dewisol o gig y baedd oherwydd eu gorchestion. Collodd Broch arno'i hun yn llwyr a thaflodd ei westai dros y gigwain. Derbyniodd archoll pan drywanwyd ef gan gyrn yr anifail haearn a addurnai'r fframwaith. Daethai ei mam â gwrthban o groen dafad i'w lapio amdano, rhag i'r fflamau ledu dros ei holl gorff. Chwerthin yn groch a wnaeth Broch a'i lygaid fel dau golsyn gwynias, a'i fwng o wallt yn chwifio fel brwyn wrth i'r gwynt chwipio drwyddynt. Ceisiodd Arianrhod gredu nad hynny fyddai ei ymateb pe bai'r llanc wedi'i anafu'n ddifrifol ond eto, fedrai hi ddim peidio â dirmygu Broch am ei ymddygiad difeddwl. Roedd y derwyddon wedi rhoi heibio pob ymdrech i'w ddysgu. Felly, pa obaith oedd i'r tylwyth pe byddent yn cael eu harwain gan ymffrostiwr o'i fath ef, a'i gallineb i gyd yn ei ddyrnau? Rhaid wrth drefnydd da a fedrai alw am gydweithrediad y llwythau eraill yn erbyn eu goresgynwyr, ac nid unigolyn fel hwn oedd yn chwythu bygythion ar ei liwt ei hunan, fel megin wag. Teimlai fod ei thad yn deall hyn a'i fod, yn gyfrinachol o leiaf, yn dirmygu ei nai gymaint ag y dirmygai hithau ef. Hwyrach y gobeithiai gadw'r llwyth dan ei awenau ei hun nes i ŵyr o'i chroth hi ddod i oed i ymgymryd â'r arweinyddiaeth. Doedd dim syndod fod golwg mor bryderus arno weithiau.

'Arianrhod!' Daeth llais ei mam i'w chlustiau eto. 'Wyt ti'n gwrando ar beth rwy'n ddweud?'

'Sut?'

'Breuddwydio eto. Beth a wna'i hefo ti? Tyrd i olau'r dydd imi gael dy weld ti'n iawn.'

Camodd mam Arianrhod yn ôl i feirniadu'r wisg. Gwisg o lin oedd, wedi'i gwynnu â chalch. Roedd y plygiadau oedd ynddi yn tonni'n ystwyth o ysgwyddau

Arianrhod, fel graen mewn pren, yn ehangu dros ei bronnau ac yn crebachu'n daclus dros ei gwasg lle y câi ei thynhau â gwregys copr, cain. Bu'r gof yn yr efail gerllaw y tŷ mawr crwn yn treulio oriau yn curo ac yn troi'r copr yn unswydd i wneud y gwregys hwn i Arianrhod. Ar y ddeupen ffurfiasai ddolen gron, solet, a bachyn yn y naill i gydio yn y llall. Ac ar wyneb llyfn y ddwy ddolen yr oedd wedi ysgythru llinellau i gynrychioli'r haul yn gwenu ac yn gwgu ar yr un pryd. Gallai duw yr haul ddod â ffyniant i'r cnydau neu fethiant yn ôl ei fympwy.

'Mm, mae'n rhaid imi ddweud dy fod ti'n edrych yn hardd,' meddai wrthi, braidd yn grintachlyd. 'Mi fydd yn rhaid iti gael sandalau hefyd. Fedri di ddim mynd yn droednoeth.'

Tra oedd y tair yn ymddiddori yn y wisg, roedd gafr wedi gwthio ei ffordd i mewn trwy'r wal a amgylchynai'r pentref, ac yn ddiarwybod iddynt wedi dechrau cnoi trwy'r rhaff a ddaliai un o'r wagenni llawn mwyn copr ger yr efail. Daeth y wagen yn rhydd a gostyngwyd y polyn a'i cysylltai â'r iau i'r llawr, gan dywallt y mwyn i bobman. Gan ei hysgafnedd, dechreuodd y wagen rolio i lawr llethr. Roedd y rhimyn o haearn a osodwyd o gylch yr olwyn bren â chymaint o gywreinrwydd pan oedd yn hylif berwedig, yn rhuglo'n sydyn dros y llawr, gan beri braw i bawb oedd o fewn clyw. Aeth corn yr afr ynghlwm wrth y gwiail oedd wedi'u plethu ar ochr y wagen, ond pan lwyddodd i ddianc, rhedodd fel peth gwyllt i gyfeiriad cwt y moch, a'i chefn yn siglo fel cwrwgl mewn storm.

Heb aros i feddwl am ei gwisg, ymunodd Arianrhod yn yr helfa. Cododd ei sodlau yn uchel o'i hôl, ac ymddangosent fel cerrig bach yn neidio o'r pridd. Hi oedd y cyntaf i gyrraedd y cwt moch, mewn pryd i dynnu'r afr gerfydd ei chynffon o afael y baedd a chau'r llidiart yn gyflym. Roedd y baedd wedi dechrau gwichian mewn cynddaredd, ond peidiodd unwaith y symudwyd yr ymwelydd yn ddiseremoni o'i diriogaeth. Edrychodd Arianrhod i lawr mewn dychryn ar ei gwisg wedi'r holl gythrwfl. Roedd y godre wedi 'i orchuddio â llwch a baw. Ond roedd yn rhy hwyr i osgoi trem ei mam gan ei bod yn sefyll wrth ei hymyl bellach.

'Mae wedi'i difetha'n lân!' ebychodd. 'Mae hyn yn golygu trochfa arall mewn dŵr a sebon. Ac O! hen sebon gwael a gefais i y tro diwethaf hefyd. Mi fydd yr holl wisg yn mynd yn gwta, gei di weld, ac wedyn mi fydd y tywydd da yn darfod a fydd hi ddim yn sychu erbyn yr Ŵyl a . . .'

'Beth ydi'r holl nadu yma, ddynes?' Ymddangosodd Cadfan ym mynedfa'r adeilad sgwâr lle bu'n cynnal ei lys barn.

'Mae fy mrodyr a minnau'n ceisio cymodi dau werinwr sy'n hawlio'r un llain o dir, ond does dim posib clywed lleisiau'n gilydd yng nghanol yr holl drwst. Ewch i'r tŷ!'

Ciliodd y tair i'r tŷ crwn yn ddiymdroi heb yngan gair. Gwyddent eu bod wedi tramgwyddo'n ddifrifol os oedd y pennaeth ei hun wedi dod i ymyrryd yn bersonol yn hytrach nag anfon un o'r gweision. Wiw iddynt geisio esbonio. Gyda lwc, byddai materion eraill wedi llenwi ei feddwl erbyn diwedd y dydd fel na fyddai'n cofio eu cosbi am darfu ar ei waith. Er gwaethaf ei dymer, roedd yn rhaid ei edmygu, meddyliodd Arianrhod. Roedd yn ddyn tal, cydnerth, a llygaid glas treiddgar ganddo. Deuai ei eiriau allan yn gras ac yn floesg trwy ei fwstas toreithiog. Nid oedd wedi colli yr un blewyn oddi ar ei ben, ac fe gribai ei wallt yn ôl nes ei fod yn edrych fel llew. Edmygai Arianrhod ef am hynny.

11

Gwyliai Arianrhod y gweithwyr yn y caeau yn ystod y dyddiau nesaf pan fyddai ganddi amser i fynd am dro, rhwng ei gorchwylion yn y tŷ crwn. Roedd rhywbeth i'w wneud bob amser, neu fe fyddai ei mam yn cael rhywbeth iddi ei wneud os oedd hi'n digwydd bod yn segur. Weithiau byddai ei chwaer Gwenith yn tynnu sylw ei mam ati gan ei bod hi heb falu digon o flawd neu heb droi'r cawl yn y pair uwchben y tân. Cas gan Arianrhod oedd malu'r blawd. Roedd y garreg uchaf yn drwm ac anhydrin, fel petai ganddi ei hewyllys ei hunan. Ni allai esbonio sut, ond bob tro yn ddi-feth symudai'r garreg uchaf dros ymyl y garreg arall wrth iddi droi'r dyrnau hir o haearn a asiwyd yn y ddwy ochr. Na, yn wahanol i'r gweithwyr yn y caeau, doedd hi ddim gwerth am wneud pethau ymarferol.

Taeogion a gwerinwyr rhydd yn gweithio ar y cyd oeddynt hwy. Pan oedd bywyd yn garedig, byddent yn byw yn eu tyddynnod y tu allan i waliau ei phentref hi. Ymwelent â'r pentref weithiau i ddod â'r cyfran gorfodol o'u cynnyrch i lenwi ysguboriau ei thad. Roedd hawl gan y pendefigion ar gynnyrch y werin gan eu bod yn hyfforddi gwŷr ifanc yr ardal i drin arfau ac yn eu harwain mewn rhyfeloedd. Ac os oedd perygl o ryfel

neu ymosodiad, byddai'r holl dyddynwyr yn tyrru at y
pentref am noddfa nes bod y perygl drosodd. Er bod lle
yn brin, roedd lle i bawb, a buont yn gwrthsefyll
gwarchae fwy nag unwaith yn ystod oes Cadfan.
Daethai rhyfelwyr dros y môr o Iwerddon pan oedd
Arianrhod yn ferch fach, i chwilio am drysor a chaeth-
weision.

Teimlai Arianrhod dosturi at y gwerinwyr wrth eu
gwylio'n ergydio'r gwair â'u crymanau. Fflachiai ambell
un yn yr haul fel petai rhywun yn dal cilgant y lleuad yn
ei law. Roedd cefnau'r bobl yn grwm eu siâp fel eu
hoffer. Roedd y caeau mor anferth a hwythau mor bitw.
Ond fel morgrug, trwy eu dyfalbarhad, gorffennent y
gwaith oedd i bob golwg yn ormod iddynt. Ddiwrnod
neu ddau'n ddiweddarach, byddai mydylau taclus o
wair yn sefyll yn barod i'w casglu, a byddai'r anifeiliaid
yn cael digon o borthiant dros aeaf arall. Galwodd
Arianrhod ar ei chwaer ac aeth y ddwy ohonynt â
phiseri llawn llaeth i dorri syched y gweithwyr. Roedd
y rhai a siaradai â hi o'r farn ei bod yn ferch feddylgar
iawn, yn wironeddol fonheddig, a cheisient dalu'n ôl
iddi trwy ddweud gymaint yr edrychent ymlaen at ei
gweld yn gwneud ei rhan yn yr Ŵyl.

12

Gwawriodd Gŵyl Lugnasad. Yn fore iawn ymgasg-
lodd trigolion y pentref y tu allan i'r tŷ crwn. Roedd yr
haul ar fin ffrwydro trwy'r niwl llaith a bylai'r awyr.
Roedd awgrym fod y gaeaf ar ei ffordd yn ias y bore, fel
petai'n anfon ei sawr ymhell o'i flaen. Ac roedd pawb

yn ymwybodol o'r hen wirionedd fod pob achlysur o dan yr haul yn cynnwys elfennau o'i wrthwyneb. Dyna a fyddai thema gweddi'r derwyddon ar ddechrau'r diwrnod hwn.

Roedd Arianrhod yno yn ei hysblander gwyn: buasai ei mam yn poeni'n ofer am ei gwisg. Wedi ychydig o sgwrio yr oedd cyn hardded ag erioed. Safai Gwenith a merched bach y pentref, ei chyfnitherod pell ac agos, o'i chwmpas. Gwisgent gadwynau o lygaid y dydd a blodau'r maes am eu pennau. Ar yr un pryd, ymddangosodd Cadfan a thri derwydd ar drothwy drws y deml gron. Roedd ffurf y deml yn atgoffa'r bobl o fyd y duwiau. Roedd yn ddiderfyn, heb ddechrau, heb ddiwedd. Tŷ'r pennaeth oedd yr unig un arall o'r un siâp, a chynrychiolai obaith y llwyth am barhad di-dor.

Safai'r derwyddon yn gefnsyth yn eu dillad gwynion. Pefriai'r torchau o aur pur am eu gyddfau. Gwisgai pob un goron o ddail ir y dderwen am ei ben. Ceraint y pennaeth oeddynt, a hawdd gweld eu tras pendefigaidd yn eu hwynebau a'u hymarweddiad. Gwyddent sut i gymuno â'r duwiau a gwyddent sut i gymodi â hwynt. Y derwyddon a ddarganfu sut i fodloni'r duwiau heb orfod offrymu aberth dynol mwyach. Yn anad dim, rhaid oedd osgoi peri tramgwydd i'r duwiau, a dyna pam ei bod mor bwysig cadw gwyliau fel hon yn y modd mwyaf cymwys.

Ond os oedd y derwyddon yn denu parch distaw y gynulleidfa, cododd y dorf fonllef i gyfarch Cadfan a safai yn eu canol. Teimlai Arianrhod wres o falchder yn rhedeg trwy ei chorff. Gwisgai Cadfan dorch am ei wddf a drosglwyddwyd o bennaeth i bennaeth o amser ei gyndadau. Roedd yr edafedd o aur wedi'u plethu blith draphlith ac roedd arwyneb pob un wedi'i ysgythru fel caenen neidr. Daliai'r rhain belydrau'r haul fel mewn gwydrau wrth i'r pennaeth symud. Cludodd darian efydd o'r un ffurf a maint â'i gorff. Roedd y gof wedi creu patrwm fel trobwll ym mogail y darian a thair coes blygedig yn dod allan o'i ganol. Edrychai fel coesau dyn yn cael ei chwyrlïo i mewn i'r trobwll, ac i'r arall-fyd o dan y dŵr.

Nesaodd y bobl at y grŵp dethol ac ar ôl saib cododd un o'r derwyddon ei ddwylo i'r awyr. Dechreuodd weddïo mewn llais soniarus:

'Ni cheir yr haf heb y gaeaf; ni cheir y medi heb yr hau. Ac felly yr wyt, Lug, meistr y goleuni wedi cymryd y cam cyntaf yn dy siwrnai ar draws yr wybren unwaith eto. Gwenaist ar y sawl a fu'n casglu'r gwair. Gwên, o feistr, ar y sawl a fydd yn casglu'r cynhaeaf. Derbyn ein teyrnged ar ddiwedd ein siwrnai ninnau heddiw.'

Arweiniodd Cadfan y bobl y tu allan i'r pentref. Aeth yr orymdaith heibio i'r tŵr wrth ochr y pyrth lle'r oedd grŵp o ddynion arfog yn aros ar wyliadwriaeth; yna troesant i lawr y llwybr bach a lechai y tu ôl i'r waliau a heibio i'r fynedfa ffug nes cyrraedd yr un gywir. Erbyn hyn daethai torf o werinwyr i'w croesawu ac i ymuno â hwy. Aeth rhai ati i gynorthwyo tynnu'r wagen, tra oedd y lleill yn clirio'r ffordd ar ei chyfer. Sŵn traed yn sathru'r glaswellt hir gwlithog oedd yr unig sŵn a glywid wrth i'r orymdaith weu trwy'r caeau ar y daith hir at y llyn. Roedd ganddynt gyfoeth o bethau cain yn y wagen i'w hoffrymu i Lug. Yn yr hwyr y machludai ef i'r dŵr, o'r gorllewin. Yn y wlad y tu hwnt i'r dŵr y trigai'r duwiau, felly byddai'n sicr o dderbyn rhoddion y bobl os byddent wedi'u bwrw i'r llyn. Cerddodd ias trwy gorff Arianrhod wrth iddi feddwl am ei rhan hi yn y seremoni. Roedd yn fraint ac yn brawf arni ar yr un pryd.

Cyraeddasant y llyn pan oedd Lug yn ei anterth ac yn syllu yn syth i lawr ar ei addolwyr. Sylwodd Arianrhod fod dŵr y llyn yn ddwfn ac yn llonydd fel mêl clir. Roedd arlliwiau fyrdd o las a gwyrdd ynddo. Adlewyrchai'r mynyddoedd a'r coed o'i ddyfnderoedd: mynyddoedd tenau a choed bregus a ymestynnai mor bell i'r dŵr ag i'r awyr uwchben. Hawdd dychmygu, ar un olwg, mai gwrthrychau o'r arallfyd, trwy'r dŵr a thu hwnt iddo a adlewyrchid ar wyneb y llyn, a bod byd natur yn eu dynwared. Delw ar ddelw hyd byth, fel drych o fewn drych.

Deffrowyd Arianrhod o'i synfyfyrdod gan un o'r derwyddon yn gafael yn ei braich. Daliai lestr metalaidd yn ei law, wedi'i lenwi â dŵr o'r llyn. Ar ochrau'r llestr roedd dyluniad o rai o'r duwiau. Sylwodd Arianrhod ar y tair mam-dduwies a Cernunnos, duw grym natur a'r bywyd gwyllt, yn pefrio arni.

'Yf o ddŵr y llyn fy merch,' llafarganodd y derwydd. Gogwyddodd y llestr i'w gwefusau a sylwodd Arianrhod fod darnau mân o lysieuyn persawrus yn arnofio yn yr hylif. Yfodd yn ufudd a gadawodd i'r derwydd ei thywys yn nes at ymyl y llyn lle disgwyliai ei ddau gymar. Safodd y gynulleidfa nid nepell i ffwrdd yn llonydd fel delwau a'u golygon wedi'i sefydlu arni hi. Traddodwyd trysor yr offrwm o un derwydd i'r llall ac yna ei ollwng yn urddasol i'r llyn, pob darn yn ei dro. Roedd pob gwrthrych wedi golygu gofal a llafur o'r mwyaf. Sut y teimlai'r gof wrth weld ei olwyn orau yn diflannu i'r llyn, a sut yr ymatebai'r crefftwr pan ddigwyddai'r un peth i'r llestri y treuliasai oriau yn eu curo? Gobeithiai Arianrhod y byddai'r duwiau yn gwerthfawrogi offrwm mor gostus â hyn.

Teimlai hi'n rhyfedd erbyn hyn: roedd patrwm o smotiau du hyll yn cau am ei phen, ac aeth ei hanadl yn fyrrach ac yn fyrrach. Fe'i cafodd ei hun yn sefyll at ei gwasg yn nŵr y llyn. Clywodd fel petai o bell y derwydd yn gorchymyn iddi ddilyn y trysor i'r gwaelod. Yna'n ddisymwth, hyrddiodd y derwydd hi, yn ei chyfer, i'r dŵr. Teimlai Arianrhod ei hun yn suddo, suddo, a'i gwisg fel adenydd yn ymdaenu yn y dŵr. Rhuthrodd darluniau trwy ei meddwl, wynebau'r duwiau yn chwerthin am ei phen, cerrig waliau'r pentref yn tywallt drosti, y coed uwchben y llyn yn ei baglu mewn drysfa o ganghennau, dinas hardd yr ochr arall i'r dŵr lle roedd milwr hardd, a chanddo dlws. Galwodd arni. Ond roedd yn amhosibl iddi ei gyrraedd. Teirgwaith y ceisiodd a theirgaith y methodd gan ail-fyw'r holl gyfres o ddarluniau bob tro.

Yr eiliad nesaf, roedd y derwydd yn ei dal gerfydd ei gwallt uwch wyneb y dŵr ac yn gofyn iddi ar goedd:

'Wyddost ti beth yw bod rhwng byw a marw, fy merch?'

'Gwn,' sibrydodd.

'Welaist ti weledigaethau?'

'Do.'

'A fyddet ti'n fodlon i'th roi dy hun i'r duwiau yn lle'r trysor pe bai angen?'

'Byddwn.'

'Yna,' meddai'n fwy addfwyn, 'cafwyd un sydd yn deilwng ar ran yr holl bobl, ac fe welodd y duwiau'n dda i'th arbed.'

Cododd hi yn ei freichiau a'i chludo yn ôl at y lan, a'i phen a'i gwddf yn plygu'n llipa dros ei benelin. Crogai ei gwallt fel careiau o ledr hyd y llawr ymron. Roedd ei hwyneb yn laswelw. Gosododd y derwydd hi i sefyll ond llewygodd.

Pan agorodd ei llygaid, roedd ei mam yn plygu drosti.

'Wnes i fy rhan yn iawn, Mam?' oedd ei geiriau cyntaf.

'Yn wych, Arianrhod.' Roedd yn un o'r achlysuron prin pryd roedd llygaid ei mam yn dangos olion dagrau. 'Roeddet ti mor brydferth ag alarch. Ac mae pawb yn dweud yr un peth.'

13

Ar ôl y seremoni ar ganol dydd, cynhaliwyd mabolgampau ar lannau'r llyn. Broch oedd enillydd pob un o'r cystadlaethau ymaflyd codwm er mawr foddhad i'w dad. Roedd ef yn eistedd ar bwys ei frawd, y pennaeth, gan ei bwnio a chwerthin yn uchel yn ei glust bob tro y bu i'r llanc roi ergyd egr i'w wrthwynebydd, boed hwnnw'n bendefig o lwyth arall neu yn werinwr rhydd a berthynai i'w bentref ei hun. Gorweddodd Arianrhod ar y glaswellt yn llesg, gan wylio ieir yr hesg yn symud yn osgeiddig o gwmpas y llyn. Sychodd ei gwisg a'i gwallt yn fuan yn yr awelon cynnes. Cuddiodd ei hwyneb gymaint ag y gallai o afael pelydrau'r haul rhag iddi fagu rhagor o frychni ar ei thrwyn a'i thalcen. Cawsai fraw pan edrychodd i ddrych ei mam ychydig wythnosau ynghynt. Roedd y smotiau bach aur yn dewach eleni. Cipiasai ei mam y drych oddi arni yn ebrwydd gan ddweud mai peth anlwcus oedd i ferch edrych arni'i hun yn y drych, ond gwyddai Arianrhod nad dyna oedd y gwir rheswm. Roedd gan ei mam feddwl y byd o'r drych oedd yn anrheg gan lysgennad o'r de, ac roedd arni ofn y byddai'n dangos traul petai'n cael ei fyseddu'n rhy aml.

Cychwynasant, bawb, ar eu taith yn ôl er mwyn bod gartref cyn iddi dywyllu. Nid oeddynt yn gorymdeithio'r tro hwn, ond yn symud fesul grŵp neu deulu; roeddynt yn wasgaredig ar draws y dolydd fel clystyrau bach o lwyni. Ar y dechrau cerddai Arianrhod gyda'i mam a'i chwaer, ond toc goddiweddwyd hwy gan Broch. Roedd hyn wrth fodd ei mam, a gofalodd yn y man fod Arianrhod a Broch yn cael cyfle i fod ar eu pennau eu hunain.

'Mae'n noson braf i gerdded, 'nghyfnither,' meddai Broch. Roedd yr ymdrech i dymheru ei lais cras yn amlwg, ond daliai i swnio'n aflafar serch hynny.

Edrychai Arianrhod i fyny i'r wybren lle'r oedd lliwiau'r machlud yn prysur ledu drwy'r awyr. Ymddangosai'r cymylau fel tusw o rosod gwyllt uwchben. Roedd yr awyr yn fwyn a llonydd. Dyma'r amser pryd roedd yr adar wedi ymdawelu cyn ymuno yng nghorws olaf y dydd. Hwn oedd y saib hudol rhwng bywyd y dydd a bywyd y nos. Ochneidiodd Arianrhod. Gresyn ei bod hi'n gorfod rhannu moment fel hon gyda neb o gwbl, chwaethach rhywun fel Broch.

'Ochneidio?' meddai Broch. 'Wyt ti wedi blino? Gad imi afael yn dy fraich.'

Rhoddodd ei fraich afrosgo am ei chanol gan ei gwasgu'n dynn ar yr un pryd. Crynodd Arianrhod a llwyddodd i wingo o'i afael.

'Mi fedra' i gerdded yn iawn, diolch,' meddai gan geisio cuddio ei diflastod. Ond ni allai fod yn siŵr beth a wnâi petai wedi digio. 'Nid wy'n flinedig,' ychwanegodd.

'Tyrd, tyrd,' meddai Broch gan feddwl bod angen anogaeth arni. Ond ni feiddiodd ailosod ei fraich am ei chanol. Roedd yr olwg yn ei llygaid yn ddigon i'w rwystro. Ar yr un pryd, teimlai bwl o ddicter yn rhedeg trwy ei wythiennau. Pam y dylai ef, o bawb, a oedd yn ddychryn i'w gymheiriaid, ofni merch. Merched! Melltith ar eu pennau am fod mor anodd i'w trin. Pwy fyddai'n meddwl bod eu gwendid yn darddle i gymaint o bŵer. Bu rhywbeth od ynglŷn â hon erioed, rhyw allu cyfrin i gymuno ag ysbrydion. Efallai y byddai'n defnyddio ei hud a lledrith arno yntau ar ôl iddynt briodi. Roedd meddwl am hynny'n ddigon i ferwino rhywun yn y fan a'r lle. Ond troes yn syth i chwerthin am ben y syniad, yn ddistaw wrtho'i hun. Fe wnâi roi paid ar yr hen lol yna yn ddiymdroi: fe wnâi ei churo i'r siâp y dymunai ef iddi fod o'r dechrau.

'Wnest ti ddim blino wrth ddal dy anadl mor hir o dan y dŵr?' gofynnodd iddi.

'Do.'

'Sut wnest ti 'te?'

'Chaf fi ddim dweud.'

'Pwy sy'n atal dy geg?' ychwanegodd yn ddilornus.

Ysgydwodd ei phen, heb ddweud gair.

'Wn i! Rhoddodd yr hen dderwyddon gyffur yn y dŵr a yfaist ti. Beth oedd o, dywed?'

Gwridodd Arianrhod a phrysurodd Broch i bwyso arni i ddweud.

'Eu cyfrinach nhw yw hynny,' atebodd Arianrhod. 'Mae'n sanctaidd iddyn nhw a does neb ond nhw yn gwybod.'

'Sanctaidd iddyn nhw, wir!' gwawdiodd Broch. 'Rwy'n mynnu cael gwybod trwy deg neu dwyll, gyfnither fach. Rwy'n gweld posibiliadau mewn stwff o'r fath. Mi fyddai'n ffordd dda i gael y gwir o garcharorion i ddechrau yn byddai?' Chwarddodd yn filain. 'Tyrd rŵan, dwêd!' Gafaelodd yn ei gên, gan ei throi tuag ato.

'Gwae di am ryfygu yng ngŵydd y duwiau!' ebychodd Arianrhod yn chwyrn.

Safodd Broch a bu'n dawedog am beth amser. Cerddasant filltir neu ddwy heb dorri gair. Draw yn y pellter ar y tir mawr, codai'r mynyddoedd i'r awyr, yn fetelaidd eu lliw yng ngoleuni'r hwyr, fel pedair o dariannau o flaen byddin o gewri. Ar y chwith roedd coedwig, a boncyffion y coed mor syth a chymen â rhengoedd o wŷr arfog. Teimlai Arianrhod yn unig a diymgeledd yng nghwmni ei chefnder.

'Gad inni gymryd y ffordd gyntaf tuag adref trwy'r goedwig,' meddai Broch. A chyn iddi gael cyfle i wrthwynebu, cydiodd yn ei llaw a'i thynnu i'w ganlyn. Roedd yn amlwg iddi'n awr ei fod wedi treulio'r hanner awr o ddistawrwydd yn ymadfer ei hyfdra.

'Ond hwyrach y byddwn yn mynd ar goll, ac yn gorfod aros dros nos yn y goedwig!' protestiodd Arianrhod. Ac wrth iddi ynganu'r geiriau, sylweddolodd mai dyna'n union oedd ei obaith. Crechwenodd Broch.

'Oes ar fy nghyfnither fach ofn y bleiddiaid?' Ceisiodd Arianrhod gadw at ymylon y goedwig ond cael ei thynnu yn fwyfwy i mewn a wnaeth.

'Paid â bod mor swil!' meddai Broch mewn tôn hyll. 'Mi wyddost cystal â minnau ein bod ni'n mynd i briodi ryw ddydd. A gorau po gyntaf, ddywedwn i. Hwyrach y bydd y diwrnod yn cael ei bennu inni ar ôl heno. Mi fydd dy dad yn gweld dy fod ti ar bigau'r drain eisiau fy mhriodi i!' Chwarddodd eto. Teimlodd Arianrhod y nerth yn cael ei ddihysbyddu o'i chorff.

'Beth am gusan i'th ddarpar-ŵr i ddechrau arni?'

Ceisiodd Arianrhod ei wthio'n ôl dan ffustio a dyrnu nerth ei breichiau, ond llwyddodd Broch i'w hosgoi bob tro. A mwyaf ei hymdrech, uchaf oll oedd ei chwerthiniad ef. Ond yna'n ddisymwth, ymddangosodd dyn arall o'r tu cefn iddo ac mewn dim o amser llwyddodd i roi ei fraich am wddf Broch. Troes Broch i'w gyfeiriad a chafodd glamp o ergyd dwrn yn ei safn. Disgynnodd yn araf i'r llawr, yn gwbl anymwybodol. Llygadrythodd Arianrhod arno mewn braw. Yna edrychodd ar ei hachubydd. Y milwr Rhufeinig! Nid cynt y llamodd ei chalon mewn llawenydd nag yr ymdeimlodd ag ing pryder rhag ofn ei fod wedi lladd ei chefnder. Llanastr go iawn fyddai hynny. Ond fel petai'n darllen ei meddwl, sicrhaodd Publius hi â'i eiriau cyntaf, petrusgar,

'Nid yw wedi marw. Mae'n cysgu.'

'Rwyt ti'n siarad fy iaith!' ebychodd Arianrhod, a chododd ei dwylo'n reddfol i'w hwyneb i'w chysgodi ei hun rhag sefyllfa oedd yn prysur fynd yn ormod iddi.

Gwenodd Publius yn hynaws arni. Pefriai ei lygaid a'i ddannedd yn y gwyll. Gwelodd Arianrhod fod rhai o'i ddannedd yn rhannol guddio'r lleill, a chofiodd pa mor ddeniadol yr ymddangosodd hyn iddi y tro diwethaf y gwelodd ef.

'Sut wyt ti'n siarad fy iaith?'

Amneidiodd ei ben i gyfeiriad y coed ar y dde. 'Faustus sydd wedi fy nysgu. Mae'n dal i'm dysgu.'

Ar y gair, daeth Faustus i'r golwg.

'Dywysoges,' oedd ei gyfarchiad, a lled-ymgrymodd.

'Ond pam wyt ti wedi dysgu fy iaith, a beth wyt ti'n ei wneud yma?'

'Awn ni allan o'r goedwig yn gyntaf er mwyn inni gael gweld ein gilydd, ac yna fe esboniaf.'

Roedd yn parhau yn weddol olau o hyd y tu allan i'r goedwig er bod oerfel yr hwyr wedi disodli gwres y dydd. Estynnodd Publius ei fantell goch i'w lapio amdanynt ill dau, a daliodd yr ymyl ar ysgwydd Arianrhod â'i law. Cyffyrddodd yn dyner â'i chern â'i law arall a syllodd i'w hwyneb am rai eiliadau cyn yngan gair. Gwibiodd ei llygaid hi ar draws ei wyneb ef fel y gallai drysori pob manylyn o'i wynepryd a'i ddwyn i'w chof yn ei absenoldeb. Cadwai Faustus ychydig o'r neilltu, gan barchu eu hawydd i siarad yn gyfrinachol â'i gilydd, a gwylio rhag i neb darfu arnynt.

'Dywedodd Faustus fod yr Ŵyl yn cael ei chynnal heddiw,' meddai Publius. 'Daethom i gael cipolwg arnat yn yr orymdaith.'

'Welsoch chi'r orymdaith felly?' gofynnodd Arianrhod.

Petrusodd Publius am ennyd.

'Oes,' meddai o'r diwedd. 'Na, do!' gan ruthro i'w gywiro ei hun.

Chwarddodd Arianrhod gan mor annwyl oedd.

'A'r seremoni wrth y llyn hefyd,' parhaodd.

'Lle'r oeddech chi?'

'Yn cuddio yn y coed.' Roedd ei acen yn gyfareddol. 'Roeddet ti yn — yn — beth yw'r gair, Faustus?'

'Yn brydferth,' awgrymodd Faustus gyda gwên.

'Ie, yn brydferth, mor brydferth.'

Gwyrodd ei ben tuag at ei hwyneb ac agorodd ei wefusau fymryn gan fwriadu ei chusanu.

'Rwyt ti'n siarad ein hiaith yn wyrthiol. Ond pam wyt ti wedi'i dysgu?' meddai hi'n frysiog. Rhaid oedd iddo ohirio'r gusan yr oedd wedi'i blysio cyhyd nes ei hateb.

'Mae gwyrth wedi digwydd imi, dyna pam.' Pwysleisiodd y gair "gwyrth". 'Rwyf wedi syrthio mewn cariad â rhywun. Mae ei gwallt hi fel fflam ac mae darnau bach o'r haul wedi syrthio ar ei hwyneb.' Rhedodd ei fys i lawr ei thrwyn yn ysgafn.

'Os wyt ti'n golygu'r brychni, rwy'n ei gasáu!'

'Mae yn fy swyno i.' Yna tynnodd hi ato, a'i chusanu'n hir ac yn dirion.

Teimlai Arianrhod yn ddiogel yn ei freichiau a gwyddai wrth reddf y gallai ymddiried ynddo: roedd ei gymeriad mor hyfryd â'i wyneb.

'Fyddet ti'n hoffi dod i Rufain gyda mi?' gofynnodd.

Edrychodd Arianrhod yn syn arno.

'Yn wraig imi wrth gwrs,' ychwanegodd Publius, wrth weld ei phenbleth.

'Ond — prin iawn ydym ni'n adnabod ein gilydd!' Edrychodd yn daer i'w wyneb.

'Prin iawn y byddwn i'n adnabod gwraig o ddewis fy nhad chwaith.'

'Ydi dy dad yn dewis i tithau hefyd?'

'Ydi, gwaetha'r modd. A gan ei fod yn seneddwr pwysig, mae'n siwr o ddewis rhywun am resymau ...' Cododd ei ddwylo mewn ymdrech i ddod o hyd i'r gair iawn.

'Gwleidyddol,' galwodd Faustus gyda winc.

'Ie, dyna ti. Rhesymau gwleidyddol. Achub fi rhag rhywun sych a ffroenuchel a — diolwg,' ychwanegodd Publius. Roedd llinellau bach direidus yn crychu corneli ei lygaid.

'Dwn i ddim beth fyddai fy nhad yn ei ddweud,' meddai Arianrhod yn ddwys.

'Gad ef i mi.'

'A dwn i ddim fyddwn i'n deall ffyrdd y bobl yn Rhufain. Maent yn gwybod cymaint yn fwy na mi.'

'Pobl yw pobl ym mhobman. Byddet yn dysgu ffyrdd newydd yn fuan iawn.'

'A beth am yr iaith? Byddai'n rhaid imi ddysgu Lladin.' Roedd tinc o bryder yn ei llais.

'Os gallaf fi ddysgu dy iaith di, gelli dithau ddysgu fy iaith innau. P'run bynnag, rydych chi'r Brythoniaid wedi benthyg rhai o'n geiriau ni yn barod.' Roedd y llinellau bach direidus yn ôl eto.

'Twt,' meddai Arianrhod, 'rydym ni wedi talu'n ddigon drud amdanynt mewn trethi!'

'Byddwn yn ffraeo llawer rwy'n gweld!' chwarddodd Publius. 'Ond O! mi fydd y cymodi wedyn yn felys!'

Clywsant rywbeth yn siffrwd yn y coed. Fferrodd y tri, gan bwyso yn erbyn y boncyffion cyfagos.

'Mae dy gefnder wedi deffro,' sibrydodd Publius.

'Sut y gwyddet ei fod yn perthyn imi? Rwyt ti'n gwybod popeth amdana' i!' meddai Arianrhod wedi rhyfeddu.

'Dim popeth — eto. Dim ond y pethau mae Faustus wedi'u dweud wrthyf.'

Gwnaeth Faustus arwydd arni i fynd yn ei hôl i'r fan

lle'r oeddynt wedi gadael Broch yn gorwedd yn anymwybodol.

'Da bo ti, dduwies fach,' meddai Publius gan rwbio ei wefusau'n ysgafn dros ei gruddiau. 'Tan y tro nesaf.'

'Wnaiff yr un acw mo dy boeni di eto,' sibrydodd Faustus wrth iddi fynd heibio. 'Mi wnawn ni'ch dilyn chi adref.'

Simsanodd Broch i'w draed.

'Beth ddigwyddodd?' meddai'n gryg.

'Cael dy ddal gan gainc y dderwen yna,' atebodd Arianrhod yn rhwydd.

'Wnes i ddim gweld dim byd,' ffromodd Broch.

'Wrth reswm,' atebodd Arianrhod. 'Y duwiau wnaeth ddial arnat ti am geisio fy ngwaradwyddo. Rwyt ti'n anghofio fy mod i'n rhywun arbennig yn eu golwg nhw ar ôl heddiw.'

Edrychodd Broch i fyny ar y dderwen anferth ac amlfreichiog uwch ei ben. Ymddangosai'r canghennau iddo fel nadroedd yn bygwth ei lapio a'i wasgu, ac yr oedd y dail yn gyrliog fel myrdd o wefusau gwaedlyd. Efallai fod ei gyfnither yn llygad ei lle: byddai'r goeden sanctaidd yn ei hamddiffyn bob amser. Gwelodd Arianrhod yr ofergoel yn cyniwair ynddo. Ni feiddiai gyffwrdd â hi eto am weddill y daith adref.

14

Roedd hi wedi nosi pan gyrhaeddodd Arianrhod y tŷ crwn. Roedd y morynion a gynorthwyai ei mam yn cludo coed i'w rhoi ar y tân ac yn gosod y llestri gorau ar y bwrdd pren hirsgwar yng nghanol y tŷ. Ciliodd

Arianrhod i un o'r ystafelloedd ar yr ochr i wrando ar y synau cartrefol. Cleciai'r coed yn y tân, gan ollwng cawod o wreichion a chleciai'r llestri yn nwylo'r morynion ffwdanus.

'Gan bwyll,' meddai ei mam, gan rybuddio un ohonynt. 'Mae'r llestri coch yna yn werthfawr. Maen nhw wedi dod yr holl ffordd o Gâl, a does neb ond y Galiaid yn medru rhoi sglein mor wych ar lestri. A dyn a ŵyr pryd daw'r masnachwr yma eto a rhai newydd i'w ganlyn.'

Yna troes i ddwrdio'r forwyn a ofalai am y tân.

'Wyt ti eisiau rhoi'r to ar dân, y ferch hurt a thi? Paid â gadael i'r tân ddifa'r holl goed yna mor ffyrnig. Fydd 'na ddim golosg ar ôl o gwbl i'r ffwrneisi.'

Roedd amynedd ei mam yn fyr heno. Felly y byddai bob amser y cynhelid gwledd yn y tŷ crwn. Poenai rhag ofn y byddai rhywbeth anffodus yn digwydd. Fe allai'r dynion fynd yn gecrus iawn yn eu diod. Pwniodd gig y baedd a rostiai dros y gigwain a'i droi'n egnïol i waredu'r tyndra a deimlai.

Crwydrodd meddwl Arianrhod yn ôl dros ddigwyddiadau rhyfeddol y diwrnod, ac ochneidiodd. Glynai peth amheuaeth yn ei meddwl o hyd, ond roedd yn trysori tystiolaeth ei synhwyrau ar yr un pryd. Tybed ai'r profiad a gafodd yn y llyn a greodd y lledrith o weld ei chariad yn y goedwig wedyn? Efallai nad oedd yr esboniad a roddasai i Broch am ei godwm yn ffug wedi'r cwbl. Yna cofiodd yn hiraethus mai ar noson fel hon y daethai ei chariad i'r tŷ crwn ar ôl iddi ei gyfarfod am y tro cyntaf ar y traeth. O! na fyddai'r un peth yn digwydd eto heno!

Taflwyd y llenni'n agored dros drothwy'r ystafell, ac yno safai ei mam.

'Ar dy ben dy hun yn breuddwydio eto wyt ti? Wel, fe allwn ni faddau iti am heno yn siwr. Dyma dy chwaer i gadw cwmpeini iti. Mae hi dan draed yn y neuadd, a minnau mor brysur yn hulio'r wledd.'

Gwyddai Arianrhod na châi lonydd mwyach i fynd ar drywydd ei hatgofion melys. Byddai Gwenith yn gofyn cwestiynau'n ddiderfyn. Ond rhaid bod yn oddefgar: doedd hi ddim ond yn ddeuddeg oed.

'Oedd arnat ti ofn yn y llyn heddiw?' Fel y disgwyliai Arianrhod, hwn oedd ei chwestiwn agoriadol.

'Oedd, tipyn.'

'Sut oedden nhw'n gwybod nad oeddet ti'n boddi?'

'Doedden nhw ddim.'

'Fydden nhw wedi gadael iti foddi?' Roedd llygaid y ferch ieuengaf yn grwn.

'Efallai.'

15

Erbyn hyn roedd y gwahoddedigion yn cyrraedd. Cerddodd ei dau ewythr at y bwrdd i gymryd eu seddau. Roeddynt yn byw gyda'u teuluoedd o fewn y pentref ei hun. Ond ni wyddai Arianrhod o ble y daethai'r derwyddon oedd yn eu dilyn. Weithiau arhosent gyda'i thad neu ei hewythrod am gyfnodau pur faith, ond fe gadwent seintwar yn rhywle yn y goedwig hefyd. Arferent symud o le i le yn aml i osgoi tynnu sylw'r Rhufeiniaid. Er eu bod yn perthyn i urdd waharddedig, roedd yn well gan y Rhufeiniaid eu hanwybyddu cyn belled â'u bod yn cadw o'r golwg. Y tu ôl i'r derwyddon cerddai rhywun nad oedd Arianrhod yn ei adnabod o'r lle yr oedd hi a'i chwaer yn sbecian trwy agen yn y llenni. Ond sylwodd fod ei wallt yn dew gan galch, a bod ei ddwylo'n ddu; felly roedd yn amlwg mai un o'r gofaint ydoedd. Hefyd roedd ei lodrau wedi'u clymu am ei fferau â rhaff aflêr. Ond yr hyn a ddychrynodd Arianrhod fwyaf oedd ei lygaid. Roeddynt yn fflachio'n filain fel llygaid llygoden fawr. Yn olaf, daeth Broch i mewn gan dorsythu. Addasodd ei gamre i gydgerdded gyda'r gof.

'Arianrhod!' sibrydodd Gwenith. 'Wyt ti'n gwybod beth rwyf fi'n feddwl?'

'Na wn i.'

'Rwy'n meddwl fod gan Broch wallt 'run fath â draenog.'

Dechreuodd Arianrhod bwffian chwerthin ac ymunodd Gwenith â hi, nes eu bod ill dwy yn brifo wrth geisio cael rheolaeth arnynt eu hunain. Ond po fwyaf yr ymdrech mwyaf oll y collent arnynt eu hunain.

'Mae'r llall yn edrych fel llygoden,' meddai Arianrhod yn isel rhwng pyliau o chwerthin. 'Mae yna ddechrau da i chwedl yn y fan hon yn rhywle: un tro roedd draenog yn siarad â llygoden . . .'

'Wel gobeithio na fyddi di byth yn gorfod priodi hefo fo,' ychwanegodd Gwenith gan gredu bod y syniad hwn yn fwy digrif byth. Ond cafodd effaith annisgwyl. Sobrodd Arianrhod ar unwaith.

'Paid â siarad mor wirion,' meddai yn biwis.

Ymosododd y dynion ar y wledd ag arddeliad. Pan oeddynt wedi gorffen y cig a'r bara, cynigiodd Cadfan y medd gorau i bawb. Roedd mewn stên efydd o'r gwaith mwyaf cain a estynnwyd gyda gofal o'r naill i'r llall.

'Lluniaidd dros ben', mwmialodd y gof wrth fyseddu'r anifeiliaid bach efydd a addurnai'r caead. Oedodd dros yr hwyaden a swatiai ar y pig. Pan dywelltid y ddiod edrychai hi fel petai'n nofio i gyfeiriad y llif.

'Hm, camp i neb guro hen grefftwyr yr oes o'r blaen.'

'Tyrd yn dy flaen,' meddai Broch yn ddiamynedd. 'Mae pawb ohonom eisiau diod.'

Cipiodd y stên oddi arno a thasgodd yr hylif i'w gwpan. Yna, yfodd ar ei dalcen, gan adael i'r medd dreiglo i lawr ei ên.

'Nid dyna'r ffordd i drin fy medd gorau, fachgen,' meddai ei ewythr Cadfan wrtho'n geryddgar.

Cuchiodd Broch ond daliodd ei dafod.

'Beth yw'r newydd sy gen ti, frawd?' gofynnodd tad Broch gan farnu mai dyma oedd y foment i droi'r stori a dod at brif fusnes y noson.

Gwnaeth Cadfan arwydd ar y gof. 'Dwêd ti, Garmon. Rwyt ti wedi bod yn disgwyl yn eiddgar i gael dweud wrthym ers hanner dydd.'

'Roeddwn i'n dechrau meddwl na fuasech chi byth yn dod yn ôl o'r llyn,' meddai Garmon yn gyhuddgar.

'Mae defodau crefyddol yn hanfodol bwysig i fywyd y llwyth,' meddai'r prif dderwydd.

'Dw i ddim yn amau dim am hynny,' atebodd Garmon, 'ond mae'r hyn sy gen i i'w ddweud yn hanfodol bwysig hefyd.'

'Tyrd yn dy flaen heb hel cymaint o ddail,' meddai Broch yn floesg.

'O'r gorau,' meddai Garmon. 'Mae'r llywodraethwr Albinus yn gadael Prydain.'

'Ond pam?' gofynnodd tad Broch.

'Mae'n gobeithio bod yn Ymerawdwr, ac mae'n bwriadu mynd â byddin i'r Cyfandir i ymladd yn erbyn Septimus Severus, yr Ymerawdwr presennol.'

'Ac felly?' Roedd diffyg dealltwriaeth ar wyneb pawb.

'Oni welwch chi'r arwyddocâd?' gofynnodd Garmon. 'Defnyddiwch eich rheswm. O ble mae'n mynd i gael byddin?'

'Mae byddin fwy ar y cyfandir yn golygu llai o fyddin yn y wlad hon,' meddai un o'r derwyddon gan rwbio ei ên yn feddylgar.

'Yn burion,' meddai Garmon gan bwyo'r bwrdd nes i'r gwin wegian yn y cwpanau. 'Os aiff â'r lleng o Gaer pwy fydd yn dod i'r adwy pan fydd Segontium mewn trafferthion?' Gwenodd yn orfoleddus.

'Neb,' bloeddiodd Broch, gan grechwenu'n afreolus.

'Ond sut wyt ti'n gwybod hyn i gyd?' gofynnodd un o'r derwyddon eraill i'r gof yn llym.

'Clywed rhai o'r milwyr yn siarad wrth iddynt fynd heibio i'm bwthyn y tu allan i'r gaer yn Segontium.'

'A sut y gallwn ni fod yn siwr nad cynllwyn ydi hyn rhyngot ti a'r Rhufeiniaid i'n harwain ni i fagl?'

'Allwch chi ddim! Mae'n rhaid ichi gymryd fy ngair. Fyddwn i'n bradychu fy nghymrodyr?'

'Rwy'n amau a ydi'n beth doeth i greu rhagor o helynt ar hyn o bryd, meddai Cadfan. 'Mae pethau'n gymharol ddistaw, ac mae'r Rhufeiniaid yn gadael llonydd inni.'

'Wyt ti wedi anghofio am frad y mwyngloddiau copr, frawd? Onid ydyn nhw wedi rheibio ein heiddo ni?'

'Siawns na fedrwn ni ddod i delerau ynglŷn â hynny gyda'r triwbiwn newydd, Publius, yn ôl beth a gasglaf.'

Publius! Dyna oedd ei enw. Bu Arianrhod yn gwrando ar y cwbl.

'Tribiwn wir! Y llipryn bachgen diniwed yna?' ebychodd brawd arall Cadfan. 'Byddai'n haws o lawer rhoi curfa iddo ef a'i gatrawd.'

'Fe fyddai'i ben yn edrych yn ddel iawn yn crogi oddi ar ein pyrth ni,' meddai Broch, gan obeithio creu miri ffiaidd. Edrychodd i wyneb pawb am ymateb, ond ei siomi a gafodd: roedd y pwnc dan sylw yn rhy ddifrifol i gellwair yn ei gylch, ac nid ar chwarae bach yr eid i ryfel mwyach.

'Rwy'n cynnig y dylai Cadfan chwilio am gefnogaeth yn y pentrefi a'r ceiri eraill,' datganodd un o'r derwyddon ar ôl saib.

Edrychodd Cadfan yn anesmwyth. 'Mae'n ormod o fenter,' meddai.

'Gyda phob dyledus barch,' meddai derwydd arall, a min yn ei lais, 'nid dyna fy marn i na barn neb arall yn ôl pob golwg. Fe fyddai ein brodyr ar y tir mawr yn ogystal ag ar yr ynys hon yn croesawu cyfle i adennill eu hunaniaeth oddi ar y Rhufeiniaid.'

Nid arhosodd Arianrhod i glywed rhagor. Gwyddai yn iawn beth roedd yn rhaid iddi ei wneud. Gwyddai fod yn rhaid iddi chwilio am Publius heb oedi i'w rybuddio bod gwrthryfel ar droed, gwrthryfel nad oedd wrth fodd ei thad.

16

Gyda lwc fe ddeuai Arianrhod o hyd i Publius a Faustus cyn iddynt groesi'r dŵr i'r tir mawr. Hwyrach y byddent wedi gosod pabell ar y glannau i dreulio'r nos. Rhannodd y llenni'n ddigon i sleifio allan o'i hystafell heb ddeffro'i chwaer. Gobeithiai y byddai pawb yn neuadd y tŷ crwn wedi ymgolli'n llwyr yn y pwnc gerbron, fel na fyddent yn talu sylw iddi hi'n symud fel ysbryd tuag at y fynedfa. Eisteddai ei mam ychydig o'r neilltu gan wrando ar y ddadl, a'i llygaid yn canolbwyntio ar ei gwaith nyddu. Ceisiodd Arianrhod ymddwyn fel un o'r morynion oedd yn mynd a dod ar draws y neuadd yn cario rhagor o fedd neu danwydd. Goleuid wynebau'r cwmni gan lampau a lanwyd yn gynharach y noson honno ag olew had llin. Edrychent yn annaearol, gyda phryd a gwedd pob un wedi'u gwyrdroi, fel pennau cerfiedig heb gyrff. Synhwyrodd Arianrhod fod un ohonynt yn ei gwylio ac yn dilyn ei symudiadau â'i olygon. Fferrodd yn ei hunfan am ennyd, ond ni wnaeth neb ei herio. Aeth ymlaen at y drws mor ysgafndroed â hedyn dant y llew, ac arhosodd am ennyd yr ochr arall i'r trothwy. Roedd ei gwynt yn fyr a'i chalon yn pwyo.

Gwibiodd heibio i'r ddau wyliwr wrth y pyrth, gan fwmial ei bod yn mynd ar neges i'w thad ac y byddai'n ôl cyn pen dim. Cyn gynted ag y cyrhaeddodd y tu allan, cyrchodd am y stablau i gyfrwyo un o'r ceffylau cysglyd. Dewisodd yr un gwyn a gafodd ei thad yn anrheg gan bennaeth y catrawd Rhufeinig yn Segontium pan arwyddwyd cytundeb rhyngddynt ryw flwyddyn neu ddwy ynghynt. Ond ble roedd y cyfrwy? Doedd dim posib gweld dim yn nhywyllwch y stablau heb sôn am geisio gosod y cyfrwy ar geffyl mor wrthnysig ac mor anfodlon i fynd allan ar adeg mor anghyfleus o'r nos. Pystylodd ei garnau a gwyrodd ei ben. Dechreuodd Arianrhod edifarhau ei bod wedi dewis y ceffyl hwn, er y gwyddai mai ef oedd y cyflymaf ohonynt unwaith y gellid ei berswadio i gychwyn ar ei daith! Roedd hi wedi colli llawer o amser yn barod. O'r diwedd gadawodd iddi esgyn ar ei gefn. Tynnodd yn yr awenau a throes y march yn ei unfan i wynebu'r fynedfa. Ysgogodd Arianrhod ef i dorri i garlam ac i ffwrdd â hwy ar hyd y llwybr march a gydredai ag ymyl y goedwig. Fflachiai ei wynder fel y lloer trwy rwydwaith y nos, a hithau'n rhan ohono yn ei gwisg wen.

Roedd Dinllugwy yn prysur gael ei gywasgu ar y gorwel pan rusiodd y ceffyl gyda gweryriad iasol. Cydiodd Arianrhod yn ei fwng rhag iddi lithro oddi ar ei gefn. Yna gwelodd yr un ddrychiolaeth ag a welodd y ceffyl. Hen ŵr a ddynesai atynt a gwallt o'r un lliw â lludw ganddo, wedi'i gribo'n ôl, a llygaid dyfrllyd, dichellgar. Gwisgai lodrau crychlyd wedi'u rhwymo â darnau o raff. Ar amrantiad adnabu Arianrhod y gof a fu'n eistedd wrth fwrdd ei thad ac yn cymeradwyo gwrthryfel. Gwelodd ei geffyl hefyd ar dennyn wrth un o'r coed, a daeth brithgof o'i weld ar dennyn y tu allan i'r tŷ crwn yn gynharach.

'Ti sy yna!' ebychodd Arianrhod. 'Pam wyt ti wedi fy nilyn fel hyn, a pham dy fod yn cuddio y tu ôl i'r goeden? Mi allai'r ceffyl yma yn hawdd fod wedi fy nhaflu a'm lladd yn y fan a'r lle.'

'Ie, fi sy yma,' atebodd y gof gan boeri ei eiriau allan. 'Ac fe allwn yn hawdd ofyn rhai cwestiynau i tithau hefyd, y foneddiges fach. Beth yw dy reswm di dros farchogaeth ar hyd a lled y wlad yn mherfeddion nos?'

'Does a wnelo'r peth ddim byd â thi,' ffwndrodd Arianrhod. 'A phetawn i wedi cael fy lladd, wel, druan ohonot ti wedyn!'

'Yn gyntaf, buasai'n rhaid profi fy mod i yma, ac yn ail, gallaswn ddweud amdanat ti, a'th fradwriaeth.'

'Beth wyt ti'n feddwl?' Roedd hi'n crynu.

'Rwy'n credu dy fod ti'n gwybod. O, fe'th welais yn sleifio allan, a gwyddwn yn dda y rheswm pam. I ddweud cyfrinachau wrth dy gariad, y tribiwn del onide?'

'Does gen ti ddim prawf!'

'Nac oes? Beth am y tlws roddaist ti iddo?'

Roedd Arianrhod yn fud mewn braw.

'Nid gwaith anodd ydi nabod tlws o'm gwaith fy hun nage? A phan welais i pwy oedd yn ei wisgo dyma pethau yn dechrau disgyn i'w lle yn daclus. Cofiais fy mod wedi rhoi'r tlws yna i'th dad. Roedd o eisiau anrheg fach iti o Segontium. Rhyfeddol pa hanes sy gan bob tlws i'w adrodd on'd ydi?'

'Rwyt ti'n busnesu gormod,' meddai Arianrhod wedi cael ei llais yn ôl.

'I'r gwrthwyneb, foneddiges. Ti sy'n busnesu gormod. Melltith ydi merch sy'n dod ar draws cynlluniau dynion. Gorau po gyntaf iddi gael gŵr i ddofi tipyn arni a'i chadw'n rhy brysur i grwydro'r nos. A byddai dy gefnder Broch yn gwneud y tro i'r dim iti.' Chwarddodd yn ffiaidd. 'Rŵan,' meddai, 'dos di adref ar dy union, a wnaf innau ddim sôn gair am hyn wrth dy dad.'

Ni allai Arianrhod ond ufuddhau, er bod llid a dicter yn meddiannu pob gewyn o'i chorff. Roedd hwn wedi ei rhwystro am y tro, ond tyngodd lw iddi'i hun y byddai'n siwr o ddial arno rywbryd.

17

Roedd hi'n brynhawn dioglyd yng ngwersyll Segontium. Ni chlywid swn yn unman. Edrychodd y milwr allan o'r twr a gweld milltiroedd o gaeau llathraidd a llonydd. Petai'n nes atynt byddai'n ymwybodol o brysurdeb y trychfilod yn y borfa, yn enwedig ieir bach yr haf. Roedd eu hadenydd gwynion yn symud fel hwyliau bach sgwâr, o'r un siâp a lliw ag eiddo'r llongau a deithiai'n ôl ac ymlaen i'r porthladd islaw y gwersyll. Ond yr unig beth a welai ef yn symud oedd y fuwch goch gota a gropiai ar hyd y garreg lwyd a ffurfiau silff y ffenestr wag. Gwisgai hithau arfwisg, meddyliodd, yn ddisglair fel efydd ac wedi'i rhybedu â smotiau du. Ar ddiwrnod tesog fel hwn roedd yn bleser bod ar ddyletswydd yn y twr. Roedd yr awel a chwythai trwy fwlch y ffenestr yn rhywbeth i'w groesawu heddiw. Ar brydiau eraill gallai fod fel llafn miniog ar wddf y gwyliwr.

Yn sydyn clywodd rywun yn llusgo'i draed ar hyd prennau'r sarn a bontiai'r ffos. Sythodd y milwr gan ei geryddu ei hun yn ddistaw: ni thyciai i ymlacio am ennyd; roedd peryglon ar bob llaw hyd yn oed ar brynhawn mor ddedwydd â hwn. Craffodd y tu allan, a gwelodd ddyn yn dynesu at y fynedfa. Mwng o wallt golau, sych oedd ganddo, dillad wedi'u deifio mewn mannau gan wres yr efail, a llodrau swmpus wedi'u clymu gan raff.

'Saf, neu mi saethaf,' gwaeddodd y milwr, gan dynnu ei fwa yn ôl.

'Cad yr holl rigwm diystyr yna,' oedd ateb croch y dyn. 'Mi ddylet ti fod yn fy 'nabod bellach, pwy bynnag wyt ti. Dydw i ond yn byw ryw hanner canllath i ffwrdd yn un o'r bythynnod.'

'Ac yn ystyried y gaer yma yn Segontium fel ail gartref, mae'n amlwg,' meddai'r milwr yn goeglyd. 'Beth yw dy genadwri?' ychwanegodd yn fwy llym wrth i Garmon geisio mynd heibio iddo heb arafu bron.

'Mae'r hyn sy gennyf i'w ddweud ar gyfer clustiau'r *praefectus* yn unig,' meddai Garmon yn arthog.

'Mae'r *praefectus* yn ddyn pwysig,' atebodd y milwr. 'Does arno ddim eisiau siarad â brodor fel ti.'

'Caiff *o* farnu am hynny wedi iddo glywed fy neges. Ac os byddi'n ddoeth, wnei di mo fy rhwystro i.'

Ildiodd y milwr i'r olwg ystyfnig yn llygaid dyfrllyd yr hen ŵr.

'Hei, Primus!' Chwibanodd ar ôl milwr oedd yn croesi'r beili a thaclau gwastrodi'r ceffylau yn ei law. 'Dos â hwn at y *praefectus*.'

Plygai'r *praefectus* dros bentwr o bapurau oedd yn blith draphlith ar y bwrdd ym mhen pellaf neuadd y pencadlys. Cynlluniau oeddynt ar gyfer yr adeiladau newydd. Daeth sŵn y lleisiau a'r camre i'w glustiau fel petasai o freuddwyd. 'Trafferth eto, mi fentraf,' griddfanodd.

'Syr,' dechreuodd y milwr, gan estyn ei fraich allan yn syth i gyfarch y *praefectus*. 'Syr?' ailadroddodd wrth sylwi bod y *praefectus* yn gohirio'r foment pan fyddai'n rhaid iddo ddal sylw. 'Mae gan hwn newydd tyngedfennol iti, meddai ef.'

'Faint o weithiau yr ydw i wedi clywed brawddeg fel honno o'r blaen?' mwmialodd y *praefectus* wrtho'i hun yn lluddedig. Yna tynnodd gledr ei law dros ei dalcen a'i gorun i'w ddarparu ei hun.

'O'r gorau,' meddai, 'gad inni siarad â'n gilydd.'

'Ond syr ...'

'Mae'n iawn, filwr. Mi fedra' i drin hwn, paid â phryderu.' Yna troes at Garmon. 'Brysia ddyn i fwrw dy fol; rwyt ti'n gweld sut mae pethau arnaf.' Ciliodd y milwr yn araf araf, ond gan barhau i sefyllian rhwng y colofnau a amgylchynai'r neuadd.

'Mae'r Brythoniaid yn paratoi i ddwyn cyrch yn eich erbyn,' meddai Garmon ar ei ben. Os oedd yn bwriadu ennyn braw, cafodd foddhad mawr o weld effaith ei eiriau. Rhythodd y *praefectus* arno gan deimlo mor effro â phetai wedi rhoi ei fys yn y tân.

'Sut wyt ti'n gwybod hyn?' gofynnodd yn gryg.

'Dyna oedd testun yn holl siarad yn ystod yr Ŵyl.'

'Ble buost *ti*'n treulio'r Ŵyl?'

'Yn Ninllugwy.'

'Felly roeddwn i'n amau. Camodd yn ôl ac ymlaen gan wasgu ei ddwylo. Yna aeth y *praefectus* rhagddo i feddwl yn uchel, 'Mae'r ddisgyblaeth yn llac. Rhaid dwysáu'r ymarferiadau, tynhau'r drefn, ymorol am filwyr ychwanegol o Gaer. Damia'r Brythoniaid, fe allasent fod wedi ymatal tan imi ymddeol. Ychydig fisoedd, dyna i gyd!'

'Mae un mater bach arall syr. Mi wyddost fy mod yn ddyn tlawd, yn ceisio cadw deupen llinyn ynghyd trwy werthu cynnyrch fy nghrefft i'r milwyr a ...'

'Os wyt ti'n sôn am gael pres am hyn, rwyt ti'n gwneud camgymeriad!' ebychodd y *praefectus* ar ei draws. 'Carcharor yn dy gartref dy hun fyddi di nes bydd hyn drosodd. Gwarchodlu! Mae hwn wedi cael ei wahardd i symud modfedd y tu allan i'r gymdogaeth.'

Ymddangosodd dau filwr o gysgodion y colofnau, ac ymunodd y milwr a arweiniasai Garmon i mewn â hwy. Hyrddiwyd ef allan yn sŵn ei brotestiadau chwyrn. Yna ceisiodd Garmon ymysgwyd o afael y milwyr wrth iddynt ei gludo ymron ar draws y neuadd. Ond roedd ei fraich chwith wedi'i dal yn gadarn ac yn boenus y tu ôl i'w gefn.

'Brad!' gwaeddodd, ac atseiniodd ei lais cras trwy'r neuadd wag. 'Paid â disgwyl dim gwybodaeth gen i na neb arall o'r gymdogaeth byth eto!'

'Brad wir,' meddai un o'r milwyr rhwng ei ddannedd. 'Fu eich gwybodaeth chi'r taclau erioed yn werth dim.'

'*Ti* yw'r bradwr,' cyhuddodd y llall ef gan gydio ynddo'n dynnach.

Cyn gynted ag yr aethant allan i olau dydd ac o glyw'r *praefectus*, pwysodd y milwyr ef yn erbyn un o'r colofnau nes iddo golli ei anadl.

'Nawr te, fradwr, siawns na chawn ni'r holl stori gen ti rŵan.' Pwniodd Garmon yn egr yn ei stumog. 'Rhyfedd, on'd ydyw, fod y Brythoniaid yn dewis y foment arbennig hon i ymosod pryd mae'r llywodraethwr Albinus yn tynnu dynion o'r ceiri i gwffio dros y môr. Pa amser gwell i wrthryfela na phan mae hufen y fyddin ar fin ymadael? Wrth gwrs,' parhaodd yn goeglyd, 'nid oedd modd i'r Brythoniaid wybod hynny heb i rywun fod wedi dweud wrthynt!'

'Ar fy llw . . .' gwaeddodd Garmon ond crimogodd y milwr ef ag un gic sydyn, tra plygai un o'r lleill ei ben yn ôl, gerfydd ei wallt, nes iddo dybio bod ei wddf ar dorri.

'O'r gorau, mi ddwedaf y gwir wrthych,' ebychodd Garmon, 'ond ichi 'ngollwng i.'

Llaciodd y milwyr eu gafael ddigon i'w alluogi i siarad.

'Fe ddylech edrych yn nes adref am y bradwr,' poerodd Garmon, a'i lygaid herfeiddiol yn disgleirio fel blaen cleddyf. 'A pha ryfedd, os dibynna'r *praefectus* gymaint ar filwr lleol sy'n deyrngar i'r hen drefn, ac sydd hyd yn oed yn dysgu'r hen iaith i'r tribiwn Publius?'

Edrychodd y milwyr yn gegrwth arno, a rhyddhau eu gafael yn araf bach wrth i'r nerth ballu o'u dwylo. Achubodd Garmon ar y cyfle i wingo'n rhydd a rhedeg nerth ei draed ar draws y beili at fynedfa'r gwersyll a diogelwch.

Dadebrodd y milwyr o'r sioc a roesai iddynt.

'Faustus!' chwyrnodd un. 'Y llechgi melltigedig ag o!'

'Beth fedri di brofi yn ei erbyn?' gofynnodd y milwr a arweiniodd Garmon at y *praefectus*.

'Dywedodd Macer ein dengwriad wrthym ei fod yn dysgu'r iaith i'r tribiwn ffroenuchel yna,' meddai'r llall.

'Ie, ac fe orfododd hwnnw arnom falu dwywaith cymaint o ŷd ag arfer.'

'Felly — bydd raid inni drefnu damwain i'n Faustus ni.'

18

'Rhaid iti ymuno â ni, syr,' meddai Faustus.

'Mi wna' i feddwl am y peth,' oedd ateb Publius.

Roedd Publius a Faustus wedi gorffen eu hymarfer paffio yn y gampfa oedd ynghlwm wrth y baddondai. Erbyn hyn roedd eu cyrff yn disgleirio â chwys a'u gewynnau'n sefyll allan. Disgwyliai milwr amdanynt yn yr ystafell iro a chrafu. Roedd ganddo gostrel yn llawn olew mewn un llaw a chrafell yn y llall. Gorweddodd y ddau ar y meinciau, a sychodd y milwr eu cyrff yn frysiog â lliain. Yna irodd hwy a chrafu'r olew i ffwrdd a'r holl faw i'w ganlyn.

'Ond mae'n rhaid imi wybod mwy am y peth i ddechrau arni,' parhaodd Publius.

'Mae wedi newid fy mywyd i, syr,' meddai Faustus yn daer. 'Wyt ti'n gweld, mae Da a Drwg ar waith yn y byd, ac mae'r Drwg yn ymrafael â'r Da yn barhaus am y llaw uchaf. Ond mae Mithras . . .'

'Mithras yw'r proffwyd o Bersia, aie?'

'Ie. Ac mae wedi dangos i ddynion sut i uniaethu â'r Da.'

'Sut? Rwyf wedi clywed straeon am ddefodau a seremonïau enbyd ynglŷn â gwaed y tarw.'

Edrychodd Faustus yn anesmwyth. Ni fynnai ddatgelu gormod ac eto roedd Publius yn gyfaill pybyr a thriw bellach. Penderfynodd fentro dweud rhyw gymaint wrtho. Esboniodd yn y ddwy iaith, gan siarad yn Lladin pan oedd Publius yn ei chael yn anodd i ddeall ei Frythoneg. Ar yr un pryd gofalai na chlywai'r milwr oedd yn tylino corff Publius ormod o'u sgwrs.

'Mae'r tarw'n cynrychioli grym a nerth y Da. Pan yw'n cael ei aberthu mae'r addolwyr yn derbyn diferion o'i waed. Felly maent yn derbyn nerth y Da. Rhaid cael nerth i frwydro dros y Da, neu mi fydd y Drwg yn teyrnasu ryw ddydd.'

'A beth os daw'r Drwg i deyrnasu?'

'Mi fyddai dy enaid di a minnau a phawb arall yn dychwelyd dro ar ôl tro i fyw mewn corff mewn byd o boen am byth, yn lle dianc i'r awyr fry i ganol y sêr ac ynni'r bydysawd.'

'Mithras ei hun sy wedi dysgu hyn ichi?'

'Wel wrth gwrs, mae'n bosibl ei ddehongli mewn sawl ffordd. Ond dyna ein credo ni, yn ein cyfrinfa ni.'

'Cyfrinfa?'

'Ie, mae'r adeilad isel y tu allan i'r gwersyll i'r gogledd-ddwyrain yn deml i Mithras.'

Erbyn hyn roedd y tylinwr wedi gorffen ei waith ac wedi diflannu o'u golwg. Gwibiodd llygaid Faustus o gwmpas yr ystafell i sicrhau eu bod ar eu pennau eu hunain cyn mynd ymlaen.

'Dydi ein crefydd ddim yn agored i bawb, ti'n gweld syr. Mae'n rhaid i bob aelod newydd gael ei noddi.'

'Ac mi rwyt ti'n meddwl mod i'n deilwng?' Roedd llewyrch o ddireidi yn llygaid Publius.

'O syr, mae gen i barch mawr at dy swydd a'th safle; paid â chamsynied am hynny. Ond y mae pawb yn gyfartal yng ngolwg Mithras. Rhuddin y dyn yw'r unig beth sy'n cyfrif.'

'Fedr merched ymuno?' gofynnodd Publius yn betrusgar.

Dangosodd Faustus wrth wenu arno ei fod yn gwybod lle'r oedd meddyliau'r tribiwn.

'Na fedrant, mae arna'i ofn. Mae'r gofynion yn llawer rhy drwm. Ond mi fedrwn ni'r gwŷr weithredu ar eu rhan, yn ddirprwyol.'

Amneidiodd Publius yn feddylgar. Roeddynt yn cerdded yn araf tuag ystafell y baddon cynnes.

'Tyrd hefo mi i'r deml y tro nesaf, syr.'

Yn ddisymwth, rhuthrodd y tylinwr yn ôl a galw ar Publius yn gynhyrfus.

'Syr, syr, tyrd yn syth. Mae dau filwr yn cwffio yn y gampfa. Mi fydd un ohonynt wedi cael ei ladd os na ddoi di ar unwaith.'

'Dos di yn dy flaen, Faustus,' meddai Publius. 'Fe ddof ar dy ôl yn syth.'

Tra oedd Faustus yn gwneud ei ffordd tuag ystafell y baddon cynnes roedd dau filwr arall yn disgwyl amdano yn un o'r cilfachau marmor. Baglodd wrth i un ohonynt roi ei droed allan. Cododd o'r llawr a'i lygaid yn fflachio mewn digofaint. Gwasgodd ei ddwrn yn barod i dalu'r pwyth yn ôl ag un ergyd llym. Ond nid cynt yr adferodd ei gydbwysedd nag y teimlodd ergyd arall ar ei ên. Syrthiodd yn drwm i'r llawr, gan daro ei ben ar y garreg galed. Aeth popeth yn goch o flaen ei lygaid fel gwreichion tân, a phan gliriodd y rheiny roedd rhywun yn ei gicio'n ddidrugaredd. Yna fe'i teimlodd ei hun yn cael ei lusgo fel sach o briddfeini at ymyl y dŵr, ac yr oedd rhywun yn pwyso ei ben o dan y dŵr. Collodd bob ymwybyddiaeth.

Ymddangosodd Publius ar drothwy ystafell y baddon. Buasai'r neges yn seithug oherwydd erbyn iddo gyrraedd y gampfa roedd y ddau filwr wedi chwythu eu plwc. Bron na synhwyrai mai cymryd arnynt yr oeddynt yn y lle cyntaf. Yna daeth yn ymwybodol o'r cythrwfl o'i flaen. Roedd dau filwr yn plygu dros rywbeth yn y dŵr ac yn symud o'i gwmpas yn nwyfus. Tyrrai rhai eraill oedd eisoes yn y dŵr at y lle. Roeddynt hwy wedi ymgolli gymaint ym mhleserau nofio ac arnofio fel na sylwasent ar y cythrwfl tan yn awr.

'Beth sy wedi digwydd?' bloeddiodd Publius.

Edrychodd y milwyr i fyny arno wrth iddo nesáu. Adnabu Publius eu hwynebau'n syth. Y rhain oedd yn sefyll yn erbyn wal yr ysgubor rai wythnosau'n ôl ac yn chwerthin am ei ben.

'Syr, mae arna' i ofn fod Faustus wedi boddi,' meddai un, heb yr un arlliw o dosturi yn ei lais. 'Roedd o'n ceisio cyflawni rhyw orchest neu'i gilydd.'

'Dos o'm ffordd,' crochlefodd Publius gan roi hergwd gwyllt i'r ddau. Troes Publius ei ffrind ar ei gefn a dechreuodd bwmpio'r dŵr o'i ysgyfaint.

'Yn awr, O Mithras, rwyf angen nerth y Da,' gweddïodd yn dawel, tra oedd ei ddwylo crynedig yn gweithio fel rhawiau.

'Ydi o'n fyw?' gofynnodd un o'r gwylwyr eraill.

'Dw i ddim yn gwybod eto,' atebodd Publius yn ddwys. 'Ewch i nôl elor ar unwaith i'w gludo i'r clafdy.'

19

Roedd yr allt yn serth, yn boenus o serth, ac roedd y chwys yn sefyll ar dalcen Cadfan fel gwlith. Curai ei galon fel gordd. Gobeithiai mai hon oedd y gaer olaf y byddai'n rhaid iddo ymweld â hi. Roedd yn mynd yn rhy hen i'r math yma o fenter a helynt. Ond wiw iddo gyfaddef hynny wrth y gŵr ifanc oedd yn brasgamu o'i flaen yn ddiamynedd. Roedd ef yn llawer rhy anaeddfed a phenboeth i gipio'r awenau eto. Tebyg fod pendefigion y llwythau eraill yn sylweddoli hynny hefyd. Dyna paham yr oedd eu hymateb mor llugoer pan ofynnwyd iddynt weithio ar y cyd i ymosod ar y Rhufeiniaid yn Segontium. Yn ogystal â hynny, braidd na sylweddolent mai ychydig iawn oedd ganddynt i'w ennill wrth ymosod. Ar wahân i drafferth y mwyngloddiau copr a dorrai allan yn achlysurol, nid oedd presenoldeb y Rhufeiniaid yn mennu llawer ar drigolion y ceiri a'r pentrefi. Ar y llaw arall roedd ganddynt lawer i'w golli: dro ar ôl tro pan dreiddiodd y Rhufeiniaid i Ynys Môn yn gyntaf, cawsai nifer helaeth o bobl eu difa wrth geisio eu rhwystro.

Nid oedd dulliau rhyfel y Brythoniaid yn effeithiol iawn yn erbyn byddin ddisgybledig y gelyn. Roedd y Rhufeiniaid yn ymddwyn fel morgrug neu wenyn mewn brwydr: nid unigolion mohonynt ond aelodau gwahanol o un cyfangorff. Doedd gan y Brythoniaid ddim gobaith trechu'r gyfundrefn Rufeinig. Peidio â thynnu sylw atynt eu hunain oedd y ffordd orau i oroesi. Fe ddeuai barn ar y Rhufeiniaid ryw ddydd, oherwydd nid oes dim byd dynol yn parhau. Ond nid dyma oedd y foment.

Ac eto i gyd, pe bai ef, Cadfan, wedi gwrthwynebu Broch yn agored roedd digon o benboethiad tebyg iddo yn y llwyth yn barod i'w gymryd fel arwydd o wendid. Ac mae gwendid mewn arweinydd yn gwahodd chwyldro, ac mae chwyldro yn dwyn dinistr i'w ganlyn yn aml iawn. Na, llawn gwell ei fod wedi swcro a boddio Broch ac ar yr un pryd manteisio ar y cyfle i ffrwyno ei remp a'i rodres. Os am ryfel rhaid ei gadw o fewn terfynau rhesymol.

'Rwyt ti'n dawedog, Ewythr,' sylwodd Broch. Safai, a'i goesau ar led, yn uwch i fyny ar y llwybr caregog. Roedd ei forddwydau'n gydnerth a chadarn, ac fe anadlai'n ddiymdrech er gwaethaf y dringo caled. 'Wyt ti'n cael y daith yn anodd?' gofynnodd a thinc o goegni yn ei lais.

'Nac ydw,' atebodd Cadfan yn frysiog. 'Rwyf yn meddwl yn ddwys.'

'Ni thycia i neb feddwl gormod. Gweithredu sy'n bwysig.'

'Ysgwn i fyddi di'n dweud yr un peth pan wyt ti wedi cyrraedd fy oed i.'

Chwarddodd Broch. 'Ysgwn i a fyddaf yn cyrraedd dy oed di. Gwarth yw byw'n hir ac yn llwfr. Byddai'n well gen i farw ar faes y gad ym mlodau fy nyddiau. Cawn fynd yn syth i'r arall-fyd wedyn a mwynhau ymladd heb anaf a gloddesta heb gosb. Mae'r derwyddon yn dweud fod y rhai llwfr yn dychwelyd i'r cnawd ond i safle israddol. Cas gen i feddwl am ddychwelyd fel gwerinwr!'

'Cas gen i feddwl y byddi'n dychwelyd o gwbl,' oedd ateb brathog Cadfan. 'Mae unwaith yn ddigon.' Gwelodd fod Broch ar agor ei geg i ateb yn ôl. 'A phaid â dechrau arni eto. Rwyf wedi alaru ar dy rethreg.'

Roedd y gwarchodlu'n troi eu pennau i bob cyfeiriad i guddio'r miri a gaent wrth glywed y ddau.

Troes Cadfan i edrych ar y cwm islaw. Roedd wedi'i ddosrannu'n gymen, yn gaeau bach hirsgwar ac ôl yr aradr arnynt. Yn y pellter roedd glesni'r môr sidanaidd yn gwneud plyg â'r awyr las uwchben. Ar y naill ochr i'r cwm roedd pyramidiau naturiol y mynyddoedd wedi'u pentyrru'n ddu-las fel y nos. Hofrannai corongylch uwchben y caeau ŷd, gan awgrymu man hudolus a dedwydd. Llanwyd Cadfan â chariad at ei wlad ac am ennyd teimlai ddigon o ddigofaint yn erbyn y goresgynwyr i fedru ymosod arnynt ag arddeliad.

Yna edrychodd i fyny i gopa'r bryn. Tre'r Ceiri o fewn cyrraedd o'r diwedd! Rhedai wal o'i amgylch fel gwregys, a'r cerrig mawr llwyd wedi'u hasio at ei gilydd yn gelfydd. Uwchben y wal roedd y trigolion wedi gwneud gwrthglawdd trwy weu gwiail gwydn yn ôl a blaen rhwng y stanciau. O'r lle y safai Cadfan ymddangosai'r gwaith mor glos ag edafedd brethyn. Bob ychydig lathenni, safai gwarchodwyr. Gwisgent benwisg gron a llefn i'w harbed rhag gwaywffon unrhyw elyn a sleifiai'n anweledig i fyny trwy'r prysgwydd. Roedd eu gwaywffyn hwythau'n barod a'u blaenau fel ffaglau yn yr haul.

Cawsant eu cyfarch o bell ac yna eu croesawu i mewn i'r gaer. Teimlai Cadfan yn gartrefol yn y fan hon. Roedd y gaer yn debyg iawn i'w eiddo ef o ran adeiladau a gweithgareddau ac yr oedd ar delerau da â'r pennaeth. Arhosodd y trigolion i syllu arnynt mewn edmygedd wrth iddynt gael eu tywys gan rai o'r gwarchodwyr at dŷ crwn y pennaeth. Roedd y llwybr serth yn troelli heibio i nifer o fythynnod crwn oedd, fel y wal, wedi'u hadeiladu â cherrig.

Roedd y pennaeth a'i feibion newydd ddychwelyd o'r helfa ac roedd ganddynt faedd i ddangos am eu llafur. Ysgyrnygodd y cŵn hela eu dannedd wrth i'r ymwelwyr groesi trothwy tŷ eu meistr. Dywedodd ef y drefn wrthynt a bu raid iddynt dawelu, ond nid cyn troi mewn cylchoedd i arddangos eu cyrff main esmwyth a'u coesau chwim.

'Henffych, Osian, fy nghymrawd,' oedd cyfarchiad Cadfan.

'Cadfan, beth ddaeth â thi yma?' ymatebodd Osian gan gyfleu pleser annisgwyl yn ei dôn. Daeth i gyfarfod â Cadfan a rhoi ei fraich dros ei ysgwyddau. Craffai'r meibion ifainc o'r gwyll wrth iddynt ddatod careiau lledr eu botias a'u crysbasau lledr a'u rhoi mewn crugyn anniben ar y meinciau a amgylchynai'r wal. Daethant yn nes fesul un a dau i gael gwell golwg ar y bobl ddieithr oedd yn eu plith. Yng ngolau'r dydd a dreiddiai o'r fynedfa roedd golwg ysblennydd ar y meibion yn eu crysau o frethyn lliwgar. Roedd merched y gaer wedi cael hwyl ar y llifo ac ar wehyddu'r petryalau amryliw i mewn i'r defnydd. Wrth gwrs roedd digon o flodau yn tyfu o gwmpas y gaer i wneud trwyth da. Ar y bwrdd hir yng nghanol y neuadd roedd llestr llawn eithin, bysedd y cŵn a grug.

'A dyma'r bychan?' meddai Cadfan mewn syndod gan gyfeirio at yr olaf i ymddangos. 'Mae'n anodd coelio ei fod wedi tyfu cymaint! Duwiau mawr, mae gennyt ti feibion gwych Osian — a chŵn gwych hefyd!'

'Mae'r Rhufeiniaid yn awyddus iawn i gael gafael ar rai tebyg,' meddai Osian.

'Bechgyn ynteu cŵn?' gofynnodd Cadfan yn hwyliog.

'Y cŵn siŵr iawn. Maen nhw'n boblogaidd iawn yn y gwledydd tramor. Mae pris da i'w gael amdanynt. Ond chân nhw byth mo'r bechgyn yn eu cymhorthlu. Maen nhw i gyd yn deyrngar i'r hen drefn.'

'Mae'n dda gen i glywed hynny,' meddai Broch gan

weld cyfle i roi ei big i mewn. 'Rydym ni'n unfryd unfarn ar hynny felly.'

'Fedr Broch ddim aros i ddysgu gwers i'r Rhufeiniaid,' esboniodd Cadfan â dychan yn ei lais.

'A dyna eich cenadwri?' Roedd meddwl miniog gan Osian.

'Mae'r llywodraethwr Albinus yn dinoethi'r amddiffynfeydd er mwyn chwyddo ei fyddin dramor. Mae angen llawer o filwyr i greu ymerawdwr.'

Bu saib tra camodd Osian yn ôl a blaen a golwg ystyriol a dwys ar ei wyneb.

'Fe syrth Segontium i'n dwylo fel cyw o nyth,' meddai Broch yn frwd.

'Mae Osian yn gwybod goblygiadau'r sefyllfa yn iawn heb i ti ymhelaethu,' ceryddodd Cadfan ef.

Edrychai meibion Osian yn ansicr ar ei gilydd, a golwg ddifrifol ar eu hwynebau. A oeddynt ar fin cael profiad o frwydro go iawn am y tro cyntaf yn eu hanes?

'Eisteddwch,' meddai Osian o'r diwedd. 'Gwell inni drafod hyn ar foliau llawn.'

Cymerodd y dynion eu lle ar y meinciau, gan symud yn nes at ei gilydd nag arfer er mwyn i bawb gael eistedd. Ar ôl pryd o bysgod hallt, teisennau haidd a mêl a gwin o eirin ysgaw, ailgydiodd Osian yn y pwnc oedd dan sylw.

'Mae gennyf ysbïwyr yng nghyffiniau Segontium,' dechreuodd, yn betrusgar, 'oherwydd da o beth ydi gwybod am symudiadau'r Rhufeiniaid. Yn eu hadroddiad diweddaraf maent yn fy hysbysu fod y Rhufeiniaid nid yn unig yn amau eich cynlluniau ond yn eu darparu eu hunain ar gyfer y fath gyrch. Mae amser hamdden pob milwr wedi'i ohirio, mae pob un o dan rybudd i wisgo'i arfwisg lawn trwy'r dydd bob dydd, ac mae'r ymarferiadau wedi'u dyblu.'

Roedd effaith ei eiriau fel tanwydd tamp ar wyneb tân. Methu credu roedd Cadfan i ddechrau, ac yna daeth penbleth yn ei sgîl. Sut roedd modd i'r Rhufeiniaid wybod am eu cynlluniau? Ai dyna'r rheswm paham roedd trigolion y ceiri eraill mor hwyrfrydig i gynorthwyo. Meddai un pennaeth wrtho:

'Neithiwr diflannodd un o'r penglogau o'r tu allan i'r muriau. Rydym wedi colli ei rym a'i rin. Rhaid cymryd pwyll cyn mentro i ddwyn arfau ...'

Roedd yn amlwg iddo bellach eu bod yn synhwyro'n gryf fod y Rhufeiniaid yn barod amdanynt, ond nad oeddynt mor agored ag Osian. Yna rhuthrodd llid i'w feddwl pan sywleddolodd nad oedd ond un casgliad y gallai ddod iddo, sef fod bradwr yn eu plith. Ceisiodd ddwyn i gof pwy oedd yn bresennol y noson honno pan hysbysodd Garmon hwy am fentr Albinus. Roedd hi'n noson yr Ŵyl ac yr oedd wedi sylwi ar un neu ddau o Rufeiniaid yn gwylio'r orymdaith o gysgod y coed ar ei ffordd yn ôl o'r llyn. Roedd y tribiwn newydd yn un ohonynt. Nid oedd dim byd syfrdanol yn hynny. Arferai'r Rhufeiniaid gadw llygaid ar achlysuron o'r fath ac nid oeddynt wedi ceisio cuddio eu presenoldeb. Yna, roedd ef wedi sicrhau'n bersonol trwy archwilio pob twll a chornel nad oedd neb yn clustfeinio arnynt ar ôl y wledd. Beth am Broch? Rhoddodd y syniad fraw iddo am ennyd. Ond llanc byrbwyll oedd Broch, nid bradwr; nid amddifadai ei hun o un cyfle i gwffio. Roedd teyrngarwch y derwyddon a'i gymheiriaid eraill yn ddi-fai hefyd. Roedd hynny'n gadael un ar ôl, sef Garmon ei hun. Ar amrantiad gwelodd Cadfan y cwbl yn glir yn ei feddwl. Un twyllodrus ac ariangar a fu Garmon erioed. Ef yn ddiamau oedd wedi'u gwerthu!

'Ewythr, wyt ti'n iawn?' Daeth geiriau Broch i'w glustiau fel pe bai o bell, o dywyllwch ogof. Ysgydwodd Cadfan ei hun. 'Mae dy wyneb wedi mynd yn laswelw. Yn wir, ewythr, mae'n bryd iti feddwl o ddifrif am roi'r gorau i gyfrifoldebau'r llwyth.'

'A'u trosglwyddo i ti, mae'n debyg,' meddai Cadfan mewn tôn a fynegai i bawb ei ddiffyg hyder yn ei nai.

Ni chymerodd Broch dramgwydd. Yn hytrach edrychodd yn ymarhous ar ei ewythr ac ailadroddodd yr hyn a gynigiasai Osian tra oedd Cadfan yn synfyfyrio.

'Mae Osian yn barod i yrru wagenni a cherbydau i Segontium at ein defnydd cyn gynted ag y caiff air gennyt.'

'A daw fy nau fab hynaf â mintai o ddynion arfog hefyd,' ychwanegodd Osian.

'Diolch iti, gymrawd,' meddai Cadfan, 'ond mae'n amheus gennyf a fydd eu hangen yn awr.'

'Beth wyt ti'n feddwl, ddyn?' Roedd Broch wedi'i gythruddo.

'Tyrd, fy nai, mae gennym ni waith i'w wneud,' meddai Cadfan gan godi. Cododd ei osgordd ar unwaith i'w ddilyn.

'Gwaith?' meddai Broch yn gwbl ddiamynedd. 'Ond mae hi wedi nosi!'

'Fel rwyf wedi dweud wrthyt o'r blaen, fe dalai iti feddwl weithiau — meddwl y tro hwn sut y daeth y Rhufeiniaid i wybod. Onid oes wahaniaeth gen ti fod rhywun wedi rhoi'r wybodaeth iddynt? Oni weli di fod hyn yn gwneud gwahaniaeth i'n cynlluniau?'

Diolchodd Cadfan i'w gyfaill am ei groeso ond gwrthododd ei wahoddiad i fwrw'r nos. Gorfu i Broch a'r holl osgordd ei ddilyn, ar eu syrthio bron, trwy fynedfa'r gaer ac i lawr yr allt arw. Cafodd wyneb y llwybr ei wyrdroi gan oleuni'r lleuad a baglodd aelodau'r cwmni fwy nag unwaith ar y graean oedd dan draed. Brasgamai Cadfan ymlaen heb hidio'r peryglon nes cyrraedd y fan lle clymwyd y ceffylau ar dennyn. Neidiodd Broch ar y cyfle i'w holi.

'Os ca i gymryd yr hyfdra i ofyn,' dechreuodd, yn ffug-barchus, 'ble rydym yn mynd?'

'I ymweld â Garmon,' atebodd Cadfan yn syth. Datododd dennyn ei geffyl ei hun o'r onnen ar waelod yr allt, a gwnaeth y lleill yn gyffelyb.

'Ond fyddwn ni ddim yng nghyffiniau Segontium tan berfedd nos!' protestiodd Broch.

'Gorau oll, fydd neb yn ein disgwyl.'

Gyda sioncrwydd annisgwyl neidiodd Cadfan ar gefn ei geffyl a'i yrru ar duth dros y rhostir bras, a'r lleill yn ei ganlyn. Ildiodd y sypiau o wellt llwyd a chrin yn hawdd i'w carnau. Uwchben crogai'r lleuad yn felyn fel talp o ymenyn ac mor fawr â'r haul.

20

Deffrowyd Garmon gan sŵn curo wrth ei ddrws. Yn gyntaf meddyliodd mai chwa o awel neu ryw anifail oedd yn gyfrifol, ond yna sylweddolodd ei fod yn sŵn bwriadol. Roedd yn dywyll fel coedwig y tu mewn i'r bwthyn, ac ymbalfalodd am gannwyll. Wedi cynnau'r pabwyr ymlwybrodd yn ddistaw i gyfeiriad y drws.

Tynnodd y cleddyf oddi arno heb wneud smic, a'i ddal yn ei law yn barod.

'Pwy sydd yna?' gofynnodd yn llym.

'Cadfan.'

Bu saib.

'Agor y drws, neu mi fydd yn ddrwg arnat.' Broch oedd hwn.

Nid cynt y tynnodd Garmon y bollt yn ôl nag y rhuthrodd y ddau bendefig i mewn ar ei warthaf. Gafaelodd Cadfan ynddo gerfydd ei wddf tra rhoddodd Broch un llaw dros ei geg a chipio ei gleddyf oddi arno â'r llall. Ceisiodd Garmon weiddi.

'Taw di,' meddai Broch gan wthio ei ben yn ôl yn egr. 'Wyt ti eisiau deffro'r holl gymdogaeth? Iddyn nhw i gyd gael gwybod am dy gamweddau?'

Tawelodd Garmon mewn braw. Cafodd gip sydyn ar y lleuad trwy'r bwlch a adawodd y drws wrth siglo'n wyllt ar ei golyn, a sylweddolodd wrth leoliad y lloergan ei bod hi ddwy awr neu ragor wedi hanner nos a bod cannwyll pawb arall yn y gymdogaeth wedi'i diffodd. Gollyngodd Cadfan ef, pan welodd ei fod wedi sobri, a'i daflu i'r cnu annifyr yr olwg oedd yn wely iddo ar y llawr.

'Yn awr fe gei di siarad,' meddai Cadfan yn fygythiol. Aeth Garmon yn llywaeth a gwasaidd.

'Beth wyt ti'n feddwl? Dw i ddim yn deall . . .' meddai.

'Paid â gwastraffu ein hamser,' bloeddiodd Cadfan. 'Faint wyt ti wedi'i ddweud wrth y Rhufeiniaid?'

'Dweud wrth y Rhufeiniaid?' Roedd Garmon yn crynu. Symudodd Broch yn nes ato, a phwnio ei fol â'i gleddyf.

'Dw i ddim wedi dweud dim byd wrthynt, ar fy llw!'

'Sut arall maen nhw'n gwybod ein bod ni'n mynd i ymosod?'

'Bradwr a chynffonnwr!' chwyrnodd Broch. Cymerodd un cam yn ôl fel y gallai Garmon weld yr ergyd ar ei thaith.

'Dal dy afael,' meddai Cadfan. 'Pa fudd os lleddi di o?'

Aeth mympwy Broch ar chwâl, ac ymlaciodd Garmon ddigon i grechwenu. Gwelodd ei gyfle.

'Dylech edrych yn nes adref am fradwyr a chynffonwyr,' meddai. Daeth arlliw o foddhad i'w wyneb wrth ynganu'r frawddeg gan y gwyddai nad oedd geiriau fel hyn byth yn methu'r nod.

'A beth wyt ti'n feddwl wrth hynny?' meddai'r ddau ar draws ei gilydd.

'Eich tro chi i ofyn hynny'n awr,' atebodd, gan fanteisio ar ei oruchafiaeth.

'Dwêd, y diawl!'

'Wel, wyt ti wedi sylwi'n ddiweddar sut mae'r tribiwn newydd yn edrych ar dy ferch Arianrhod? Wyt ti wedi gofyn iddi lle mae'r tlws a brynaist gennyf i'w roi iddi? Wrth gwrs, ei rhieni yw'r olaf i wybod fel rheol pan yw merch yn ... '

'Paid ti â dweud dim mwy!' rhuodd Cadfan.

'Does dim rhaid imi, nac oes?' gwawdiodd Garmon. 'Ond gallaf dy sicrhau fod yr holl filwyr yn gwybod eu hanes. Mae'r tribiwn pert yna, a Faustus, wedi treulio cymaint o'u hamser ar ynys Môn yn ddiweddar nes eu bod yn cael y bai bellach am ddatgelu cynlluniau'r llywodraethwr i fynd o'r wlad. Mae Faustus druan rhwng byw a marw ar hyn o bryd o'r herwydd. Gofyn i rywun!'

'Celwyddgi,' mwmialodd Cadfan. 'Dydi hyn ddim yn wir!' Roedd y dig yn berwi ynddo. Yna teimlodd Cadfan ei hun yn gwegian a chollodd bob teimlad yn ei goes a'i fraich chwith. Syllodd arnynt mewn arswyd fel petaent yn perthyn i rywun arall. Daeth llen i lawr dros ei amrannau yn raddol fel pe bai gwaed yn treiglo drostynt, ac ni wyddai ddim mwy.

'Ydi o wedi marw?' gofynnodd Garmon. Roedd ef a Broch yn plygu dros ei gorff swrth.

'Mae'n dal i anadlu,' meddai Broch, a'i glust ar frest ei ewythr. 'Pam fod rhaid i hyn ddigwydd i'r hen ffŵl yn awr o bob amser? Rho help llaw imi i'w lusgo i'r lle mae'r osgordd yn cuddio. A gweddïa ar y duwiau na wêl y milwr yn y tŵr mohonom.'

'Welodd o mohonoch ar y ffordd i fyny.'

'Llusgo ein hunain fel nadroedd trwy'r prysgwydd wnaethom ni. Mynnodd Cadfan hynny. Yn awr mi fyddwn mor amlwg â gwrych ar gefn baedd,' atebodd Broch yn filain.

Ymadawodd yr orymdaith yn bwyllog ac yn benisel, ar ôl gosod eu pennaeth ar draws cefn ei geffyl mor ddethau a chyffordus ag y medrent. Roedd yn parhau'n gwbl ddiymadferth er yn gynnes ac yn anadlu o hyd. Yn ystod oriau maith y nos a dreuliwyd yn ymlwybro i gyfeiriad y rhyd, a'r lli yn hisian ac yn troi fel draig wrth eu hochr, cafodd Broch amser i feddwl. Roedd geiriau'r hen Garmon wedi bod yn bur dderbyniol i'w glustiau. Cymerodd bleser gwyrdroëdig ynddynt. Ni cheir y melys heb y chwerw, meddyliodd, ac yn sicr roedd y ddwy elfen yn amlwg yn y newydd diweddaraf.

Chwerw oedd cysylltu ei gyfnither Arianrhod â'r Rhufeiniwr, ergyd chwerw i'w falchder. Ond gallai droi'r cyfan er ei fudd a'i fantais ei hun.

21

Roedd goleuni gwawr ddi-liw yn lledaenu dros y gorwel pan ddaeth Broch a'r osgordd o fewn cyrraedd y pentref. Nid ystwyriai dim ymysg y tai a'r ysguboriau. Gorchuddiwyd y rhain gan wrthban o darth ysgafn fel bod eu hamlinelliad yn annelwig. Amgylchwyd y cwbl gan wal allanol fel gan iau drwchus. Wrth i'r orymdaith siffrwd ei ffordd yn araf trwy'r glaswellt gwlyb dechreuodd yr adar ganu eu cyfarchion i'r bore.

Yn fuan, synhwyrodd y cŵn fod rhywun yn nesáu a dechreusant gyfarth eu rhybudd gan gystadlu'n llym â'i gilydd. Cododd Arianrhod a chraffodd trwy agen yn wal y tŷ heb orfod symud o'r ystafell y cysgai hi a'i chwaer ynddi. Edrychasai trwy'r agen droeon o'r blaen. Rhyfeddai bob amser sut y gellid gweld rhychwant mor helaeth trwyddi, er na ellid gweld y twll o gwbl o'r tu allan, a bod y cyfan yn hollol ddiddos y tu mewn. Daeth awyr y bore cynnar ag aroglau miniog mwg y coed o'r lle tân a phridd y llawr i'w ffroenau. Gwelodd geidwad y wal yn agor y llidiart i'r meirch a'r marchogion. Sylwodd ar Broch yn eistedd yn gefnsyth ar ei farch ei hun ac yn tywys un arall wrth ei ffrwyn. Ceffyl ei thad ydoedd. Beth oedd y crugyn a orweddai dros gefn y march? Trawodd Arianrhod ei chlogyn amdani a rhedodd at fynedfa'r tŷ, heb aros ond i ddwrdio'r cŵn.

'Fy nhad, o fy nhad!' dolefodd wrth ddynesu at y dynion a sylweddoli iddo gael ei gludo adref fel ysglyfaeth o'r helfa.

'Gafaelwch ynddi!' gwaeddodd Broch. A chyn iddi gael amser i dynnu anadl, clywodd gadwyn haearn yn rhuglo am un o'i harddyrnau a'i llaw arall yn cael ei thynnu y tu ôl i'w chefn i gysylltu â hi.

'Beth sy wedi digwydd? Ydi fy nhad yn farw?' Roedd hi'n hanner sgrechian yn ei gwewyr. Anwybyddodd Broch hi. Archwiliodd hithau wynebau'r lleill yn daer wrth i bob un fynd heibio yn ei dro. Roedd ei llygaid yn disgleirio â'i dagrau. O'r diwedd, atebodd y marchog a'i daliai ei chwestiwn yn ochelgar, gan geisio gofalu na chlywai Broch ef yn siarad â hi a'i gosbi yntau.

'Mae'n dal yn fyw ond dyna i gyd, foneddiges,' meddai.

'Fydd o'n marw?' gofynnodd gan ddangos mwy o bryder am gyflwr ei thad nag am ei sefyllfa ei hun.

Erbyn hyn roedd Broch wedi cyrraedd y tŷ mawr crwn.

'Mae'n anodd dweud. Mae rhai yn dod atynt eu hunain ar ôl trawiad o'r fath ond dyw eu lleferydd na'u cymalau byth cystal ag y buont. Ac mae rhai yn aros mewn trwmgwsg hyd y diwedd.'

'Ac mae Broch yn fy meio i?'

'Mewn ffordd.'

'Ond pam? Dw i heb wneud dim byd.'

'Alla' i ddim dweud, foneddiges. Y cwbl a wn i yw fy mod wedi cael gorchymyn i fynd â thi i'r llys i sefyll prawf.' Ymddangosai bron yn edifar am hyn fel bod Arianrhod yn lled-dosturio wrtho.

Clepiodd y bollt yn dynn y tu allan i ddrws tŷ'r llys. Yn awr roedd Arianrhod ar ei phen ei hun yn y neuadd fawr ac oriau o boen meddyliol o'i blaen. Llanc ysgaprwth, araf ei feddwl oedd Broch mewn materion eraill ond roedd ganddo ddawn arbennig pan gâi gyfle i ddial a phoenydio. Pendronodd dros y ddau ddigwyddiad, salwch ei thad a'i chaethiwed ei hun, ond er iddi geisio a cheisio ni allai yn ei byw weld y cysylltiad. Fel petai'r cwbl yn hunllef, roedd hi wedi cael ei beio ar gam a chael ei rhoi dan glo heb esboniad. Sut oedd ei thad druan? Fe fyddent wrthi'n ei roi yn ei wely yn awr. Gobeithiai eu bod yn gwybod sut orau i'w drafod er mwyn iddo gael gwella eto. Efallai mai peth drwg fyddai iddo orwedd ar ei wastad. A thybed a oeddynt wedi anfon am yr hen feddyg ofergoelus oedd yn byw yn y goedwig? Roedd ei foddion ef yn ddaufiniog weithiau. A'i mam! Roedd hi wedi anghofio am ei mam tan yr eiliad hwn. Cywilydd o beth! O am gael bod wrth ei hochr yn awr, i'w chysuro a'i helpu wrth iddi weini ar ei thad.

Am faint roedd hi wedi bod yn aros yn yr hen adeilad tywyll hwn? Gwelai trwy holltau yn y wal gerrig fod golau dydd yn cyniwair y tu allan. Clywai leisiau o'r tu allan; bonllefau'r plant oedd yn ffraeo neu'n chwarae, a murmur yr oedolion oedd yn trafod y newydd, yn llawn gofid a dryswch. Fesul tipyn daeth synau eraill y bore i'w chlustiau: rhywun yn colli mesur o ddŵr ar y llawr wrth ei gludo mewn piser pren; yr anifeiliaid yn brefu wrth iddynt gael eu gollwng o'r lloc i'r caeau; a si cynyddol y gwenyn oedd wedi penderfynu heidio i'r goeden y chwifiai ei changhennau uwchben y tŷ llys. Byddai un o'r bechgyn yn siwr o ddringo'r goeden atynt i dorri'r gangen lle roedd y gwenyn wedi ymgasglu fel ffrwyth anferth pefriol. Yna fe ddeuai â hi i lawr yn ofalus fel petai'n cario hoff lestr y crochenydd. Dyheai Arianrhod am fod allan yng nghanol gweithgareddau'r bore. Yna cofiodd nad oedd hwn yn fore normal i neb. Roedd dyfodol y pentref a'r ardal ynghlwm wrth dynged un dyn a orweddai yn hollol ddiymadferth. Crynodd Arianrhod o oerfel ac ofn. Gwyddai ym mêr ei hesgyrn nad oedd hyn ond yn ddechrau gofidiau, a bod gwaeth adfyd yn ei haros.

22

Gwichiodd y drws pren trwm yn agored a daeth paladr o oleuni i mewn trwyddo. Ar ôl i'w llygaid gynefino â'r disgleirdeb, gwelodd ei chefnder yn dod i mewn a phedwar derwydd i'w ganlyn. Aeth yr orymdaith yn bwyllog at y bwrdd derw hirsgwar oedd ym mhen pellaf yr ystafell. Yna eisteddodd y pump ar y fainc i'w hwynebu'n syber. Gwisgai'r derwyddon eu mentyll llaes gwyn, ac ymddangosai'r rhain yn wynnach na'r cyffredin yn ymyl moelni a phylni'r neuadd. Fflachiai eu torchau aur trwchus.

'Cyhuddir di o frad, fy nghyfnither,' gwaeddodd Broch a'i lais yn diasbedain o un gongl y neuadd i'r llall.

Neidiodd Arianrhod mewn braw.

'Am beth wyt ti'n sôn?' gofynnodd yn syfrdan.

Plygai'r derwyddon dros y bwrdd i syllu arni, eu haeliau wedi'u crychu.

'Rwyt ti wedi bradychu dy dad a bradychu'r llwyth.'

'Rwy'n hollol deyrngar i'm tad a'r llwyth!' atebodd yn egnïol.

'Sut mae'r Rhufeiniaid yn gwybod am ein cynlluniau felly?' Un o'r derwyddon oedd yn siarad yn awr. Tanbeidiodd ei lygaid a'i dorch.

'Dwi ddim yn gwybod,' meddai Arianrhod yn amddiffynnol.

'Rwy'n credu dy fod ti,' heriodd yntau.

'Nac ydw.'

'Gad imi d'atgoffa di felly. Rwyt ti'n byw yn y tŷ mawr. Mae'n hawdd clustfeinio ar dy dad a'i gynghorwyr.'

Ni ddywedodd Arianrhod ddim.

'Onid ydi?' rhuodd, gan hanner codi mewn dull bygythiol.

'Ydi, ond . . .'

'Ond beth?'

'Fuaswn i byth yn datgelu dim byd i frifo fy nhad,' meddai'n llesg gan frwydro i fod yn hunan-feddiannol. Roedd gloywder crwn ei dorch yn gwneud iddi deimlo'n benysgafn.

Tynnodd un o'r derwyddon yn llewys yr un oedd yn ei holi.

'Dyw'r ffordd hon ddim yn cyrraedd unman,' meddai'n isel. 'Does gennym ni ddim prawf.'

'Mi gawn ni'r gwir gyda hyn,' atebodd, gan fyseddu ei dorch fel bod y disgleirdeb yn brifo ei llygaid.

'Gadewch hi i mi,' meddai Broch ar eu traws. Roedd yn mynd i wneud yn fawr o'i gyfle. Troes at Arianrhod. 'Cafodd y tribiwn wybod am y cynlluniau beth bynnag.'

'Y tribiwn?' Gwridodd Arianrhod a llamodd ei chalon.

Brwydrodd i guddio'r effaith a gafodd ei eiriau arni gan weddïo nad oedd yr ymdrech yn amlwg i'r derwyddon.

'Publius i ti, wrth gwrs,' parhaodd Broch yn goeglyd. 'Mae'n bosibl, wrth reswm, y gallai un o'i ferched eraill fod wedi dweud wrtho. Y mae dyn yn ei safle o yn difyrru ei amser â llawer un yn ddiamau.'

Roedd y llid yn corddi yn Arianrhod. Sut y gallai feiddio dweud y fath beth? Sut y beiddiai halogi ei henw hi a'i amcanion ef yn y fath fodd? Ond yr oedd wedi llwyddo i bardduo ei chymeriad yn llwyr yng ngolwg y derwyddon. Dyna oedd ei amcan. Edrychent hwy arni'n awr yn yr un modd â phetai rhywun wedi dweud wrthynt fod pla ar y cynhaeaf er gwaethaf eu holl ddefodau Calan Mai.

'Trueni amdano,' meddai Broch ymhellach gan duchan ei gydymdeimlad ffug. 'Mae'r milwyr wedi rhoi'r bai arno yntau am adael i'r Brythoniaid wybod mai dyma'r amser gorau i ymosod tra bo'r llywodraethwr ymhell o'r wlad.'

Aeth pob gewyn yng nghorff Arianrhod yn dynn. Ysai am ofyn iddo beth oedd wedi digwydd i Publius. Gwenai Broch arni'n ddirmygus gan aros i'w theimladau fynd yn drech na hi. Gorfu iddo ddweud yn y diwedd, a'i siom yn rhoi min ar ei falais.

'Maen nhw wedi'i ladd!'

Rhoddodd Arianrhod gri fechan, ac ehedodd ei llaw i'w hwyneb i'w chysgodi ei hun rhag y newydd arswydus. Yna aeth ei chorff yn llipa, ac fe'i clywodd ei hun yn llefain. 'Na! O, rwy'n erfyn ar y duwiau. Dydi hyn ddim yn wir.' Syrthiodd mewn llewyg.

23

Ni wyddai Arianrhod am faint y bu'n anymwybodol. Cawsai freuddwyd erchyll: roedd derwyddon dreng yn plygu drosti yn yr un modd â phan astudient goluddion er mwyn darllen y dyfodol; chwyddai eu hwynebau ac yna crebachu bob yn ail; galarai'r bobl yn uchel o'i chwmpas a chafodd gipolwg arnynt rhwng mentyll llifeiriog y derwyddon yn cludo elor; ni allai ddirnad pwy oedd yn gorwedd ar yr elor, p'run ai ei thad ynteu Publius. Deffrowyd hi gan sŵn rhywun yn gwthio drws y llys yn agored. Sylweddolodd ei bod hi ar ei phen ei hun yn yr adeilad.

Brasgamodd Broch i mewn, ei wyneb yn fwy rhuddgoch nag erioed a'i wallt yn fwy tebyg i fwng anifail. Gwingodd Arianrhod wrth iddo ddynesu ati a'i chodi gan wasgu ei braich nes ei chleisio.

'Tyrd, yr ast fach,' meddai'n gryg.

'Ble'r wyt ti'n mynd â mi?' gofynnodd yn ofnus.

'Mi gei di weld yn ddigon buan.'

Llusgodd hi ar draws y beili yng ngŵydd trigolion eraill y pentref a safai'n fud yn eu dychryn, ac eithrio ei mam a'i chwaer. Roedd y ddwy yn beichio crio'n ddistaw. Cyfrwyodd ei farch heb unwaith ollwng ei braich ac yna taflodd hi ar draws y ceffyl fel celain, ei hwyneb i waered a'i dwylo'n parhau yn y cadwynau y tu ôl i'w chefn. Esgynnodd ei hun ar y march y tu ôl iddi a rhuthrodd trwy'r pyrth agored ar garlam, wedi rhybuddio'r gwarcheidwad am ei fwriad ymlaen llaw. I gyfeiriad y goedwig ag ef.

Roedd carnau'r ceffyl yn taranu yng nghlustiau Arianrhod. Gan nad oedd hi'n gweld y ffordd o'i blaen, roedd yn brofiad mor frawychus â rholio i lawr clogwyn ar wagen rydd. Roedd y tir yn cael ei nithio odani. Yna mewn dim o amser, fe'i cafodd ei hun yng ngwyll y goedwig a pharatodd ei hun fwy nag unwaith am wrthdrawiad erchyll â boncyff neu wreiddyn coeden. O'r diwedd arafodd Broch, gan adael iddi lithro o'r ceffyl a glanio'n galed ar ei hyd. Edrychodd o'i chwmpas, gan deimlo'n hollol chwil a dryslyd. Ond ni fu'n hir cyn sylweddoli lle'r ydoedd. Daethant i sefyll mewn llannerch oedd yn gyfarwydd i bawb ond oedd yn dir-neb i bawb oherwydd mai lle melltigedig ydoedd. Safai hen fwthyn yno lle bu farw un o'i chyndadau mewn budreddi a gwallgofrwydd. Crogai penglogau o amgylch yr adfeilion, adfeilion oedd yn parhau i ddylanwadu'n andwyol yn ôl rhai. Ond heddiw roedd rhywbeth arall gerllaw: rhoddodd Arianrhod sgrech wrth weld y fframwaith gwiail ar ffurf dyn.

'Na, nid hynny,' deisyfodd. 'Dw i ddim yn haeddu hynny!'

'O wyt, fy nghyfnither. Rydym ni'n mynd i gael aberth. Coelcerth o aberth. Dyna dy garchar a'th arch!'

Hyrddiodd hi i mewn trwy'r agoriad yn y canol a chau'r drws gwiail oedd yn siglo ar ei golyn yn yr ochr.

'Fydd y derwyddon byth yn caniatáu hyn!' gwaeddodd Arianrhod.

'Mi fyddi di'n synnu!' bloeddiodd Broch dros ei ysgwydd wrth farchogaeth ymaith.

Suddodd Arianrhod i'r llawr, gan wylo'n hidl. Roedd hi mewn magl, mor gaeth ag un o'r adar bach a grwydrai i mewn i fagl wiail ym mrig y coed i nôl yr abwyd a osodwyd yno. Edrychodd i fyny tua'r nen las a dreiddiai drwy'r canghennau. Llifai'r dagrau i lawr ei gruddiau.

Byddai glesni'r awyr a'i holl fendithion allan o'i chyrraedd am byth yn awr. Collasai bopeth. Dichon bod ei thad yn gelain marw eisoes. A beth am Publius? Ei chariad annwyl. Daeth darlun o'i gorff hardd, wedi'i ddifwyno â gwaed, i'w meddwl ac achosodd boen dirdynnol iddi. Ai gwir ei bod hi'n gyfrifol am ddioddefaint a difodiant y ddau? Gwelodd ddarlun o'i mam a'i chwaer drachefn yn llygad ei meddwl. Roedd eu hwynebau fel y galchen, wedi'u hurtio'n lân gan ei hanffawd. Roeddynt wedi dychryn gormod i yngan gair o wrthwynebiad pan lusgodd Broch hi at byrth y pentref. Gwenith ei chwaer fach, druan! Faint o weithiau y diflasodd ar ei pharablu di-baid? A dangos diffyg amynedd hefyd? Ond O!, fel yr hiraethau am ei chofleidio'n awr. A fyddai cyfle cyn marw i ymddiheuro am fod mor swta â hi? Hiraethai am farwolaeth sydyn. A fyddai'n llewygu cyn clywed y fflamau erchyll yn llosgi i'w chnawd?

Treuliodd yr oriau'n ail-fyw yr holl ddigwyddiadau drosodd a throsodd. A thrwy'r cwbl dychwelai ei meddwl at Publius, ei acen swynol pan siaradai ei hiaith, ei ddannedd gwyn yn hanner cuddio ei gilydd, ei lygaid clir a'i ysgwyddau llydan. Brifai'r atgofion melys hyn hi, ac eto ni allai mo'u rhwystro.

Sylweddolodd ei bod hi'n methu gweld goleuni'r nen bellach, a'i bod hi'n fin nos. Disgleiriai'r penglogau'n filain, a chafodd yr argraff eu bod yn ei gwylio trwy'r tyllau a fu unwaith yn llygaid iddynt. Cododd lleithder o'r ddaear a'i hamgylchu fel gwawn. Gallai daeru bod yr holl le'n dirgrynu gan bwerau drygionus. A oedd hi'n ganolbwynt i'r pwerau hyn? Efallai fod Broch wrthi'n darbwyllo'r derwyddon a'r bobl fod angen puro'r llwyth trwy offrymu ei bywyd hi, gan fod y pwerau yn trigo ynddi hi. Roedd gan Broch y gallu i chwipio teimladau a theithi afresymegol ymysg y llwyth gan mai ef oedd etifedd y pennaeth.

Beth a wnâi hi yn y tywyllwch dudew? Byddai'n siŵr o fynd o'i chof! Caeodd ei llygaid er gwaethaf y penglogau llygadrwth. Ni allent wneud mwy o niwed iddi na'r hyn a ddioddefasai'n barod.

'Arianrhod!'

Clywodd lais yn sibrwd ei henw. Llais mwyn a thyner, llais annwyl. Roedd ei meddwl yn chwarae triciau â hi.

'Arianrhod!' Roedd y llais yn uwch y tro hwn. Agorodd ei llygaid a dirnad arfwisg ariannaidd a mantell goch yn nesáu. Ysbryd? Ond — roedd hwn yn rhy solet i fod yn ysbryd. Na, nid ysbryd mohono. Goleuwyd ei holl fod â llawenydd eirias unwaith eto.

'Publius! Roeddwn i'n meddwl dy fod ti wedi cael dy ladd!' Dechreuodd wylo mewn gollyngdod.

'Beth wnaeth iti feddwl hynny?'

'Dywedodd Broch fod y milwyr wedi ymosod arnat.'

'Ymosod ar Faustus wnaethon nhw.'

'Ac y mae o'n farw?'

'Mae'n wael ddifrifol. Ond,' parhaodd yn fwy calonogol er ei mwyn hi yn hytrach na bod dim sicrwydd ganddo, 'mi ddylai wella.'

'Sut daethost ti yma? Sut y cefaist ti wybod?'

'Mae hynny'n stori hir. Ond i wraig Faustus mae'r diolch. Mae hi'n byw yn y gymdogaeth y tu allan i'r gwersyll.' Dechreuodd ymroi i dorri'r gwiail gan ddefnyddio ei gleddyf fel bwyell. Yna aeth ymlaen i esbonio, rhwng ergydion,

'Mae hi wedi methu cysgu'r nos byth ers i Faustus gael ei roi yn y clafdy. Clywodd sŵn y tu allan i'r bwthyn neithiwr ac aeth i archwilio. Mewn pryd i glywed Garmon yn sôn amdanat ti a mi mewn geiriau annymunol dros ben, ac yna ei weld ef a Broch yn cario'r pennaeth allan. Roedd yn amlwg fod helynt ar droed. Anfonodd air ataf ben bore. A dyma fi.' Daeth â'i stori i ben yn syml. 'Ond mae'r gwiail yma yn ystyfnig ryfeddol!'

'Efallai, petawn i'n gwthio yn eu herbyn . . .'

'Does dim digon o fwlch eto.'

'Beth am y gadwyn yna?'

Edrychodd Publius ar ddolennau'r gadwyn fer a redai rhwng y gwiail. Ceisiodd dynnu'r gadwyn lle gwelai fwlch bychan yn un o'r dolennau. Roedd Broch wedi gwasgu'r ddeupen ynghyd yn dynn.

'Ust!' meddai Arianrhod. 'Mi glywais rywbeth. Mae rhywun yn dod!'

Tynnodd a thynnodd Publius ar y gadwyn, ond yn ofer.

'Dw i ddim haws,' meddai. 'Mae angen teclyn o ryw fath ac mae llafn y cleddyf yn rhy lydan.'

'Y tlws!' ebychodd Arianrhod. 'Gwnaiff hwnnw'r tro! Wyt ti'n ei wisgo?'

'Wrth gwrs.' Gwenodd Publius a datododd y tlws o'i glogyn. Yna gwthiodd ef yn galed i'r bwlch yn y ddolen.

'O brysia! Rwy'n clywed carnau ceffyl, ac maen nhw'n dod yn nes!'

O'r diwedd llwyddodd i agor y ddolen, ac yr oedd Arianrhod yn rhydd. Erbyn i'r marchog fagu digon o blwc i fentro i'r llannerch, nid oedd sôn amdanynt yn unman. Roedd Publius wedi mynd â hi fel y gwynt ar gefn ei geffyl i gyfeiriad y Fenai. Am y marchog druan, ni wyddai p'run i'w ofni fwyaf, ai'r llannerch felltigedig hon ynteu ymateb Broch pan glywai fod ei gyfnither wedi dianc.

24

Tapiai pedolau'r ceffyl ar y cerrig crynion, ac atseiniai'r sŵn trwy'r awyr feddal fel morthwyl ysgafn y gof ar eingion. O'r diwedd codai muriau Segontium o flaen y teithwyr, yn wyn yng ngolau'r lleuad.

'Rhaid iti fod yn ddewr iawn, fy newines fach,' sibrydodd Publius.

'Rwyf wedi cael digon o ymarfer erbyn hyn,' atebodd Arianrhod, gan nythu ei phen yn erbyn ei gefn, a gafael ynddo'n dynnach. 'Fy ngwaredwr!'

'Dyw'r perygl ddim drosodd eto o bell ffordd. Ond mae gen i gynllun.'

'Wyt ti'n meddwl y bydd o'n llwyddo?'

'Os rhown ni ein ffydd yn y duw.'

'Anodd gen i roi fy ffydd mewn unrhyw dduw.'

'Mae hwn yn wahanol. Mae'n sefyll dros y da a'r dewr.'

'Oes ganddo fo enw?'

'Mithras. Ac rwy'n mynd i'th guddio yn ei deml. Ond yn gynta', cuddia dy hun o dan fy nghlogyn fel na fydd milwyr y noswyl yn sylwi arnat o'r tyrau. Rhaid mynd ar hyd y waliau i gefn y gwersyll.'

Ar ôl iddynt droi'r gongl a'u cael eu hunain yn dilyn y wal gefn, daeth y deml i'r golwg. Adeilad isel ydoedd, wedi'i doi â llechi llwyd-borffor. Disgynnodd Publius o'i geffyl ac yna estynnodd Arianrhod i lawr yn dyner i'w freichiau. Cerddodd y ddau at y cyntedd agored a chusanu ei gilydd yng nghysgod y colofnau gan ymhyfrydu yn agosrwydd y naill a'r llall am ysbaid. Ni fynnai yr un o'r ddau fod y cyntaf i ollwng gafael: roedd yr un ofn yn eu meddiannu wrth iddynt edrych i fyw llygaid ei gilydd. Y duwiau yn unig a wyddai a fyddent yn cyfarfod eto'n holliach. Anwesodd Publius ei gwallt gan ei bwyso i lawr ac yna ei droi'n dyner o gwmpas ei chlustiau. Rhwbiodd hithau ei ysgwyddau â'i bysedd i storio'r cysur a gâi o gyffwrdd ag ef ar gyfer yr oriau unig oedd yn ei haros. Cododd Publius ei law yn sydyn a gwasgodd flaenau ei bysedd i'w wefusau. Yna pwysodd ei law yn gadarn yn erbyn ei foch.

'Cofia,' meddai rhwng cusanau, 'fi piau di beth bynnag a ddigwydd. Os byddaf yn cael fy lladd, fe'th welaf di yn y byd nesaf yn union fel yr wyt yn awr, yn ifanc ac yn hardd am byth. A'n cariad yr un fath.'

'Paid â siarad fel yna. Rydym ni'n mynd i fyw ac i garu yn y byd hwn.'

Symudodd y ddau ar yr un foment tuag at ddrws y deml, a'u breichiau'n croesi y tu ôl i'w cefnau. Estynnodd Publius allwedd o'i wregys ac agorodd y drws.

'Fedri di weld dim byd y tu mewn,' rhybuddiodd. 'Dim mwy na thwrch daear o dan y pridd,' ychwanegodd i leddfu ychydig ar ei braw. 'Ond paid â bod ofn, does ond pwerau da yn llenwi'r lle hwn.'

Fferrodd Arianrhod am ennyd. 'Sut fedri di fod mor siŵr?'

'Oherwydd fy mod i wedi treulio noson yma fy hun. Dyna'r gorchwyl cyntaf i addolwr newydd fel fi. Mae saith ohonynt i gyd, yr un rhif â'r grisiau sy'n arwain i lawr i gorff y deml.'

'A fyddaf fi'n addolwraig hefyd wedyn?'

'Dyw merched ddim yn cael bod yn addolwyr, yn anffodus.'

'Os felly, mi fydd y duw yn ddig!' Safodd Arianrhod yn stond. Daeth cryndod drosti.

'Mae'r duw yn gwybod fod gen ti reswm da. Mi fydd o'n maddau inni. Ond iti dyngu llw i beidio â sôn wrth neb byth am y pethau hyn.'

'Rwy'n addo peidio.' Yna rhoddodd sgrech fechan wrth i'w throed fethu'r ail ris. Crafangodd am glogyn Publius i'w sadio ei hun ac yna teimlodd saeth o boen trwy ei choes lle y trawodd y ris garreg hi.

'Rwy'n dy ddal di'n ddiogel,' meddai Publius. 'Rydym bron wedi cyrraedd.'

'Cyrraedd lle?'

'Ar waelod y grisiau mae cilfach ar y dde. Mae drws yn y llawr, sy'n arwain at geudod tebyg i fedd. Mi gei di aros dros nos yn y gilfach, ond os clywi di sŵn o gwbl, llithra i lawr trwy'r drws ac allan o'r golwg. Wyt ti'n deall?'

'I'r — bedd? Ond lle mae'r drws?' Gafaelodd Publius yn ei llaw a'i rhwbio dros y llawr. 'Wyt ti'n medru teimlo'r garreg hon? Mae'n fwy llyfn na'r lleill, ac yn ddigon ysgafn i'w chodi wrth ei hochr.'

Amneidiodd Arianrhod yn reddfol er na allai weld dim arno, nac ef hithau.

'Ac yn awr, fy nuwies fach, mae'n rhaid imi dy adael. Ond mi fyddaf yn ôl!'

Wedi'i chofleidio unwaith yn rhagor diflannodd. Clywodd Arianrhod ef yn cloi drws y deml ar ei ôl.

Caeodd hithau ei llygaid, a cheisiodd ei thwyllo ei hun mai yn ei phen hi yn unig yr oedd y tywyllwch a'r llonyddwch.

25

Cyrhaeddodd Broch y dibyn ac edrychodd i lawr ar y mwynglawdd. Swatiai ei gefnogwyr y tu cefn iddo, yn griw amrywiol o'i gefndryd a meibion y gofaint a'r seiri a drigai yn y pentref, yn ogystal â'r gwerinwyr a lafuriai ar y tir o amgylch y pentref. Gofalent eu cadw eu hunain o olwg y rhai oedd yn goruchwylio'r caethweision a'r dynion rhydd fel ei gilydd. Llafuriai'r gweithwyr yn ddygn ar y llethrau creigiog a gafniwyd allan o'r mynydd ac yng ngheg ambell i dwnel a dyllwyd i'r grombil.

Cododd Broch ei law a syllodd pob un o'i gefnogwyr arni fel rhedwyr yn disgwyl arwydd i ddechrau ras; yna tynnodd hi i lawr yn sydyn. Cychwynasant bawb ar eu hunion, yn llechwraidd ac ar eu pedwar. Symudasant dros y tir fel crocodeilod nes cyrraedd y gweithwyr, ac yna cymysgu â hwy mewn grwpiau yma a thraw. Gwyliodd Broch hwy'n dosbarthu arfau iddynt ac yn yngan gair neu ddau cyn symud ymlaen at y grŵp nesaf. O'i safle ef ni allai weld syndod y gweithwyr.

'Mae hyn yn fradwriaeth!' oedd geiriau cyntaf un caethwas oedd ar ddiwedd rhes o dorf gadwynog, wrth dderbyn dagr.

'Gwrthryfel, gyfaill, nid bradwriaeth,' atebodd yr un a'i rhoddodd. 'Torrwch eich cadwynau a dowch i ymuno â byddin Broch.'

'Paham y mae Broch yn chwarae'r iachawdwr yn awr? Rydym ni wedi bod yn madru yma ers oesoedd.'

'Yn awr ydi'r amser iawn. Hwn ydi'r cyfle y mae wedi bod yn aros amdano.'

Safai un o'r goruchwylwyr a'i freichiau wedi'u plethu, ac eisteddai un arall ar ris naturiol yn y graig a'i gefn at y gweithwyr am ennyd. Roedd y gweddill yn mwynhau seibiant hefyd gan fod y gweithwyr yn ufudd am y tro, yn annaturiol felly. Meddylient am bopeth ond am y gyflafan oedd ar fin dod ar eu pennau. Roedd eu tranc yn sydyn, yn fwy sydyn efallai nag yr haeddent. Gydag un pwl o wayw a gwaedd, rhedodd eu gwaed ar draws y llethrau creigiog.

Gwenodd Broch gyda boddhad, ac yna fe'i paratôdd ei hun i gyfarch y giwed a hyrddiai i'w gyfeiriad, a'u cynddeiriogi o'i blaid.

'Gyfeillion,' gwaeddodd, cyn gynted ag y cyrhaeddodd yr olaf ohonynt. Tawelodd eu bonllefau a throi'n furmur isel. 'Gyfeillion, mae'r Rhufeiniaid wedi'n sarhau yn ddigon hir. Mae gennyf gynllun ar y gweill yn barod i ddymchwel eu caer yn Segontium. Wel, does dim angen oedi dim rhagor ar ôl yr hyn ddigwyddodd ddoe. Na, does dim angen rhagor o symbyliad. Mae eu haerllugrwydd yn ddi-ben-draw!'

Dechreuodd y dynion holi ymhlith ei gilydd at beth y cyfeiriai, pa ddigwyddiad ddoe? Arhosodd Broch iddynt droi yn ferw gwyllt ac yna gwaeddodd:

'Maen nhw wedi cipio'r foneddiges Arianrhod, fy nghyfnither a'm darpar-wraig.'

Ffromodd y dorf yn fwy-fwy.

'Ymlaen i'r pentref i gasglu arfau. Fe ddangoswn i'r

Rhufeiniaid yn Segontium beth yw'r wobr am y fath drais a sarhad!'

Rhuodd pawb a chodi eu dyrnau uwch eu pennau, ac fel un dyn, dilynasant Broch.

26

Deffrowyd Arianrhod gan sŵn na allai mo'i ddirnad ar y dechrau. Roedd ei chymalau wedi cyffio fel na fedrai symud ymron. Daeth y sŵn yn nes ac yn nes. Pe gallai duw y taranau ganu dyna sut y byddai'n swnio, meddyliodd. Dirgrynai'r holl deml wrth i'r tir uwchben gael ei droedio. Sylweddolodd o'r diwedd mai lleisiau dynion yn canu ydoedd, a chyfran ohonynt yn dal un nodyn bas fel sail i'r gân gyhyrog a thrwstfawr. Tra ceisiai Arianrhod ddyfalu faint o ddynion oedd yno daeth eu camre trwm i aros y tu allan i ddrws y deml. Clywodd hi rywun yn troi allwedd yn y clo. Daeth paladr tenau o oleuni i mewn. Llyncodd ei chalon, neu felly y teimlai, a chofiodd yn yr un eiliad am y ceuddrws yn y llawr. Chwiliodd yn orffwyll am y garreg ond roedd ei bysedd wedi merwino. Roedd hi'n rhy hwyr; gorymdeithiai'r dynion i mewn. Neidiodd Arianrhod yn ôl i'r cysgodion yn y gilfach o dan y grisiau lle bu'n cysgu, gan geisio ei gorau glas i'w gwneud ei hun yn un â'r wal.

Yn araf, goleuwyd y deml â fflamau gwelw canhwyllau. Cludid y canhwyllau ar ffrâm haearn gan arweinydd yr orymdaith. Ymddangosodd y tu mewn i'r deml fel ogof a goleuni'r canhwyllau'n pwysleisio gerwinder yr adeilad. Gostyngodd sŵn y canu i fwmial isel, ond yna daeth sŵn arall i ychwanegu at fraw Arianrhod. Tincialai clychau bach yn isel wrth i'r orymdaith symud ar hyd y meinciau oedd ar bob ochr i gorff y deml. Atgoffodd y sŵn hi am ddail olaf yr hydref yn crinellu yn y gwynt. Sylwodd fod y clychau'n crogi oddi ar y canhwyllbren haearn a gariwyd gan yr arweinydd. Gwisgai ef fantell laes borffor fel offeiriad ond milwyr oedd y gynulleidfa, yn gwisgo eu harfwisg gyffredin. Hyd yma yr oeddynt wedi hoelio eu holl sylw ar yr allor a'u hwynebai ym mhen draw'r deml. Ac felly yr oedd hi'n gymharol ddiogel am y tro. Pan ymlwybrent al'an eto y byddai'r perygl mwyaf o gael ei darganfod. Rhaid fyddai iddi agor y ceuddrws cyn hynny. Ni ddeallai hi lafarganu'r offeiriad nac atebion gyddfol yr addolwyr, gan eu bod yn y Lladin, ond sylweddolodd ei bod hi'n gwylio gwasanaeth plygeiniol i Mithras.

Cyrhaeddodd llais yr offeiriad uchafbwynt ac ar yr un pryd tynnodd ar len a hongiai y tu ôl iddo, gan ddatgelu llun o ddyn ifanc a dagr yn ei law yn barod i drywanu tarw. Bu ond y dim i Arianrhod roi ebychiad clywadwy pan welodd y llun, gan gymaint oedd ei braw. Lleolwyd y tarw yn union uwchben yr allor fel bod ei llygaid yn cael eu twyllo am ennyd i gredu bod y llun yn fyw. Yng ngolau'r canhwyllau roedd llygaid treiddgar y dyn ifanc a'u gwynion llachar yn mynegi dicter pur. Rhoes Arianrhod ei llaw dros ei cheg i'w hatal ei hun rhag gwneud sŵn. Ni fedrai dynnu ei golygon oddi ar y llun. Yr eiliad nesaf cyneuodd yr offeiriad dân ar yr allor a chododd y fflamau fel breichiau gwaedlyd i gofleidio'r llun. Ond er pob ymddangosiad, roedd y fflamau'n rhy bell o gyrraedd y llun i'w losgi. Dechreuodd y milwyr lafarganu unwaith eto gan ailadrodd dau air drosodd a throsodd:

'Ignis, sanguis, ignis, sanguis.'

Tybiodd Arianrhod eu bod yn eu cyflyru eu hunain fel na fyddai arnynt ofn y pethau a grybwyllid. Symudodd dau filwr at yr allor ac esgyn at y trydydd o'r saith gris o'u blaen. Rhoddasant eu dwylo yn y fflamau am ennyd ac wedyn yfasant hylif du o gwpan mawr.

Synhwyrodd Arianrhod fod y seremoni ar fin dod i ben, a thra oedd pawb yn rhoi eu holl fryd ar ganu salm, chwilotodd am y ceuddrws unwaith yn rhagor. Y tro hwn llwyddodd i'w olrhain, ac yna ei agor. Llithrodd odano, dim ond mewn pryd cyn i'r gorymdeithwyr ddychwelyd yr un ffordd ag y daethant. Yn ddiarwybod iddynt, gadawsant o'u hôl ferch o garcharor yn gorwedd mewn lle cyfyng a myglyd am amser amhenodol.

27

Canodd yr utgorn boreol a chododd y rhan fwyaf o'r milwyr oedd heb fynychu'r deml a heb fod ar ddyletswydd dros nos. Nid oedd yr heulwen yn adlewyrchu'r naws oedd yn cyniwair yn y gwersyll y bore hwn. Fe allai'r Brythoniaid ddwyn cyrch i'w herbyn ar unrhyw amser. Chwiliodd Publius am y *praefectus* a synnodd pan ddaeth o hyd iddo yng ngardd ei dŷ. Astudiai'r *praefectus* y rhosod amryliw ac aneirif a blanasai pan oedd bywyd yn y lle yn gymharol heddychlon.

'Syr,' cyhoeddodd Publius, 'mae gennyf rywbeth o bwys i'w ddweud wrthyt.'

'Ydi'r Brythoniaid ar eu ffordd?'

'Na, dim hynny, er mae a wnelo hynny â'r peth.'

'Mater o amser ydyw'n awr. Cael yr olwg olaf ar y rhosod yr oeddwn i. Rwyf wedi gwneud fy ngorau i gadw'r heddwch, tribiwn, y duwiau a ŵyr hynny. Ond mae'r rhain yn bobl anwar o hyd.'

'Rhaid imi gytuno â thi. Rwyf newydd achub merch y pennaeth rhag gweithred anwar dros ben.'

'Ai dyna dy neges bwysig?'

'Mae'n fwy difrifol na hynny, syr. Rwyf wedi dod â hi yma.' Wedi dweud y caswir, ymwrolodd Publius i dderbyn cerydd ffyrnig y *praefectus*.

'Wyt ti wedi colli dy holl bwyll, ddyn? Wyt ti ddim yn sylweddoli y bydd hyn yn cynddeiriogi'r Brythoniaid saith gwaeth? Rwyf wedi treulio oes yn y fyddin ond chlywais i erioed o'r blaen am y fath wallgofrwydd. Tribiwn, os wyt ti'n cynrychioli to ifanc y dosbarth llywodraethol, mae'r ymerodraeth ar ben.'

'Ond roedd y ferch yn mynd i gael ei lladd yn y modd mwyaf creulon posibl.'

'Ac mi welaist yn dda i ymyrryd yn eu pethau nhw ar dy liwt dy hun. Ble'r wyt ti wedi mynd â hi? Fedr hi ddim aros yma.'

'Syr, medraf dy sicrhau nad yw hi ddim o fewn ffiniau'r gwersyll.'

Edrychodd y *praefectus* yn hir ac yn ddifrifol ar Publius. Gostegodd ei ddicter yn raddol.

'O'r gorau tribiwn. Os medraf ddweud ar fy llw wrth gyfaill neu elyn nad yw'r ferch yma, yna does gen i ddim cyfrifoldeb yn y mater.'

'Ond bwriadai'r Brythoniaid ymosod arnom cyn i hyn ddigwydd,' mentrodd Publius ei atgoffa. Roedd yn cilio o'r ardd.

'Gwir. A Publius,' ychwanegodd y *praefectus* gan alw ar ei ôl, 'pan ddaw trigolion y gymdogaeth i gysgodi yn y pencadlys, gofala na fydd y ferch yna yn eu plith!'

28

Gyda'r hwyr rhedodd milwr ar draws y beili i'r pencadlys i dorri'r newydd i'r *praefectus* a'r canwriaid a'r dengwriaid oedd wedi ymgasglu i drafod y sefyllfa. Penderfynasid didoli'r milwyr yn ddwy garfan, un i amddiffyn y porth Praetoria, y brif fynedfa, a'r llall i amddiffyn y pencadlys.

'Syr,' meddai'r milwr, 'mae'r gelyn i'w weld yn y pellter.'

'Pa mor bell?' gofynnodd y *praefectus* gan geisio cuddio'r blinder a deimlai.

'Mae'r ysbïwyr yn ein hysbysu fod gennym oddeutu awr.'

Troes y *praefectus* at ei swyddogion. 'Rydych yn gwybod beth i'w wneud. Ewch yn gyntaf i gyrchu'r brodorion a'r cleifion yma. Yna ewch i'ch safleoedd. Macer, ti sy'n rheoli'r gwŷr meirch. Gadawaf eu holl symudiadau i ti, y tu mewn a'r tu allan i'r gwersyll, yn ôl y gofyn.'

Rhedodd y milwyr yn ôl ac ymlaen mewn ffrwst. Cludai rhai y cleifion ar eu gwelyau neu ar faglau tra arweiniai eraill o'r milwyr drigolion y gymdogaeth dros y sarn ac i mewn drwy'r pyrth, yn orymdaith drist a bratiog. Roedd pryder i'w weld ar eu hwynebau, pryder am eu heiddo, eu bythynnod a'u hoffer. Gwyddent y dinistrid y rhain i gyd yn y man fel dialedd arnynt am ochri gyda'r Rhufeiniaid. Bwriodd un milwr olwg dros ei ysgwydd a gweld un o'r trigolion, hen of gwyllt yr olwg, yn brasgamu'n gyflym dros y caeau. Gwell oedd ganddo ef mae'n amlwg herio'i ffawd allan yn y wlad na derbyn lloches ymysg y Rhufeiniaid. Wel, rhyngddo ef a'i ddewis.

Roedd y cyfnos yn hofran o'u cylch pan ymddangosodd mintai Broch, bron o fewn pellter tafliad arfau'r gwarchodlu Rhufeinig. Penderfynodd Broch ddod ymlaen ei hun i osod ei delerau ger eu bron.

'Mynnaf siarad â phennaeth y gaer,' bloeddiodd, a'i law yn cwpanu ei geg.

Edrychai'r milwyr i lawr arno o'r tŵr a'r mur, a'u dwylo'n chwarae'n nerfus ar eu harfau. Roedd milwr yn y tŵr yn prysur lwytho'r peiriant catapwlt â charreg tra oedd ei gyfaill yn troi'r rhaffau'n dynn. Ni ddeallai neb Broch.

'Galwch Faustus,' meddai Macer yn swta, 'inni gael gwybod am beth mae'r dihiryn yn parablu.'

'Syr, mae Faustus yn parhau'n wael. Mae wedi colli ei gof a'i leferydd byth ers — ers y ddamwain.'

Cuchiodd Macer. 'O'r gorau,' meddai, rhwng ei ddannedd, 'anfon am y tribiwn.'

Pan gyrhaeddodd Publius cyfarchodd Macer ef yn sarrug. 'Wel tribiwn, ymddengys y bydd dy sgiliau ieithyddol yn fuddiol wedi'r cwbl.'

Aeth Publius yn syth at y wal.

'Beth yw dy ofynion, Broch?' gwaeddodd.

'Mynnaf weld y pennaeth!'

'Gollwng dy filwyr o'r fan hon yn gyntaf. Gwrthodwn siarad â neb sy'n gosod gwarchae.'

'Wna i byth ollwng fy milwyr nes cael y foneddiges Arianrhod yn ôl.'

'Yna, does gennym ddim byd pellach i'w drafod.'

'Byddi'n talu'n hallt am dy sarhad a'th haerllugrwydd, tribiwn!' gwaeddodd Broch gan droi ar ei sawdl ac ymadael.

'Gwelaf na chest ti fawr o lwyddiant,' edliwiodd Macer. 'Beth yw'r cam nesaf?'

'Mae'n rhy hwyr iddynt ymosod heno.'

Chwarddodd Macer yn ddirmygus. 'Paid â bod yn rhy siŵr am hynny, syr. Dwyt ti ddim yn eu hadnabod fel ni.'

Macer oedd yn iawn. Symudasant i gyfeiriad porth Praetoria fel brwyn yn siglo yn y gwynt, a buan y sylweddolodd y Rhufeiniaid, wrth syllu ar y golofn drwchus, fod rhif y gelyn gryn dipyn yn fwy na'u rhif hwy. Roedd Broch wedi cael cymhorthlu ychwanegol o rywle. Gwibiai cerbydau gwiail yn ôl ac ymlaen gan weu ymysg y rhengoedd. Sylwodd Macer fod gan y cerbydau hyn yr un nodweddion â'r rhai a welsai unwaith yn Nhre'r Ceiri, ac roeddynt yn cael eu gyrru'n gyflym. Cyn pen dim yr oeddynt yn ddigon agos i alluogi'r gelyn i wneud ei ymosodiad. Chwifient ac yna taflu eu gwaywffyn miniog gan osgoi'r rhai'r Rhufeiniaid yn gelfydd. Neidiai'r milwyr-traed i'r ffos a amgylchai'r gaer a dringo i fyny'n ddewr gan lwyr ddiystyru eu tynged eu hunain. Daeth y Rhufeiniaid oedd ar y mur o dan gawod o gerrig mawr a mân a anelwyd atynt o ffyntafl ysgafn. Roedd peiriant swmpus y Rhufeiniaid ar y tŵr yn rhy araf a thrwsgl, ac yr oedd y gelyn yn rhy agos atynt i'r peiriant fod yn effeithiol. Hefyd, câi'r milwyr a reolai'r peiriant gryn drafferth i newid ongl y saethu.

Ond yn anad dim, gorfu iddynt frwydro yn erbyn y tanau dinistriol a gâi eu rholio i mewn trwy'r pyrth ar wagenni oedd ynghyn.

Nid oedd modd cadw'r Brythoniaid draw. Pan gwympai un, deuai rhywun arall i gymryd ei le. Yna dechreuodd nifer ohonynt ddringo'r muriau o dan gysgod y cerrig a deflid, a llwyddasant i'w goresgyn ac yna ymroi i ymladd â'u cleddyfau wyneb yn wyneb. Cyn gynted ag y rhwygasant drwy'r porth rhuthrodd Macer yn ôl at y stablau i roi gorchmynion i'r gwŷr meirch; ond roedd yr adeilad ar dân a'r ceffylau mewn arswyd a dryswch. Cwympodd yr adeilad a thrawyd Macer gan un o'r trawstiau trymion, a syrthiodd yn anymwybodol i'r llawr. Gwelai'r Brythoniaid eu bod yn llwyddo, a chwyddodd eu bonllefau yn uwch ac yn uwch ar bob llaw.

Ciliodd y Rhufeiniaid oedd yn weddill oddi ar y mur i gyfeiriad y pencadlys i atgyfnerthu'r safiad yn y fan honno. O dan arweiniad Broch bu brwydro ffyrnig wrth i'r Brythoniaid symud rhagddynt i fyny Ffordd Praetoria; dadebrodd grŵp o Rufeiniaid ddigon i droi a'u gyrru'n ôl am ysbaid. Ond cariai'r Brythoniaid ffaglau tân. Dalient hwy fry yn yr awyr fel sêr aflonydd, ac yna eu defnyddio i danio'r pyst pren a gynhaliai doeau'r barics. Cwympodd y meini i'r llawr gan dorri'r pibellau dŵr yn deilchion.

O'r diwedd torrodd y Brythoniaid trwodd i ffrynt y pencadlys lle disgwyliai ail garfan y Rhufeiniaid amdanynt o dan arweiniad y *praefectus* a Publius. Crynai trigolion y gymdogaeth oddi mewn i'r adeilad wrth glywed y mwstwr yn nesáu, tra ceisiai gwraig y *praefectus* eu tawelu a'u cysuro. Ond gwyddent yn burion beth fyddai eu tynged pe llwyddai'r Brythoniaid i ddryllio'r wal o filwyr oedd o'u blaen. Doedd dim y gallent ei wneud yn awr ond gweddïo'n angerddol ar y duwiau i'w harbed.

Yng nghanol y gyflafan cyfarfu Broch a Publius. Nid adnabu'r naill y llall am ennyd ond wedyn fflachiodd y casineb yn eu llygaid.

'Ble mae hi, y cipiwr merched?' chwyrnodd Broch.

'Chei di byth mohoni.'

Cyfarfu eu clefyddau gan rygnu'r gewynnau ym mraich pob un nes i bwysau Broch fod yn ormod i Publius. Syrthiodd yn drwm, wedi'i anafu yn ei ystlys, a safodd Broch uwch ei ben yn barod i draddodi'r ergyd farwol. Ond trwy gil ei lygaid gwelodd Broch rywun yn anelu ergyd i'w gyfeiriad yntau a gorfu iddo drosglwyddo ei holl sylw iddo ef. Y Brythoniaid oedd yn cael yr oruchafiaeth yn ddios. Wedi cael y gorau ar ei elyn diweddaraf daeth Broch wyneb yn wyneb â'r *praefectus* ei hun yng nghyntedd yr adeilad. Ymataliodd rhag ei ladd, nid oherwydd unrhyw barch o gwbl at ei swydd ond oherwydd y medrai hwn efallai ddweud wrtho lle'r oedd Arianrhod.

'Y ferch!' gwaeddodd gan ddal ei gleddyf yn fygythiol. 'Lle mae'r ferch?'

Ysgydwodd y *praefectus* ei ben i fynegi diffyg dealltwriaeth. Cymerodd Broch ei fod yn gwrthod rhoi'r wybodaeth iddo, a thrawodd ef â'i gleddyf nes syrthio ohono'n glwyfedig i'r llawr. Ar yr un pryd daeth un o gefnogwyr Broch ato gan redeg.

'Tywysog!' meddai, 'mae rhai ohonom wedi dringo'r to ac wedi dechrau tynnu'r llechi. Does dim golwg ar y ferch yn unman y tu mewn.'

Roedd hyn yn ddigon i beri i Broch ddechrau colli diddordeb yn yr adeilad. Gwelodd hefyd fod ton arall o Rufeiniaid yn dod ar warthaf ei filwyr a oedd yn dal i ymladd yng nghyntedd y pencadlys.

'Gwasgarwch, gymrodyr!' gorchmynnodd.

Clywodd Publius ei eiriau a sylweddolodd yn unionsyth beth fyddai'r cam nesaf yn dilyn difrodi'r gwersyll. Troes at ei filwyr oedd wrth ei ochr,

'Maen nhw'n cyrchu am yr adeiladau allanol,' meddai'n floesg, gan gael trafferth i anadlu. 'Brysiwch at y deml, ddynion. Ar boen eich bywyd peidiwch â gadael iddynt gipio'r deml!'

Rhuthrodd tua dwsin o'i filwyr i gyfeiriad y porth Decumana, drws cefn y gwersyll, a rhedeg at y deml nerth eu traed cyn i'r Brythoniaid gyrraedd. Gan iddynt ddefnyddio'r llwybr byrraf cawsant amser i gael eu gwynt atynt a'u trefnu eu hunain yn rheng cyn gweld y Brythoniaid yn rhedeg yn blith draphlith i'w cyfeiriad. Arosasant o flaen rhes o dariannau anhyblyg. Roedd rhif y milwyr yn gyfartal ond gwelodd Broch fod y Rhufeiniaid yn gwbl ddisymud y tro hwn. Poerodd yn eu hwynebau.

'Os oes gennych unrhyw barch atoch eich hunain ildiwch y ffordd imi gael archwilio'r deml.' Credai y byddai ei neges yn eglur hyd yn oed os oedd y geiriau'n ddieithr.

'Os oes gennyt unrhyw barch at y duwiau fe adewi lonydd i'r deml,' atebodd Rhufeiniwr o ganol y rheng. Synnodd Broch fod y milwyr yn medru ei iaith, a phenderfynodd fanteisio ar ei gyfle.

'Ers pryd mae Rhufeiniwr yn barod i frwydro dros ferchetwr o dribiwn, a'i gynorthwyo i guddio'r ferch er ei bod yn eiddo dyn arall? Ai dyna'r math o achosion yr ydych yn ymgymryd â nhw heddiw?'

Chwarddodd y Rhufeiniwr yn ei wyneb.

'Os wyt ti'n tybio fod merch ynghudd yn y deml rwyt ti'n fwy ffôl na'th olwg. Mae'n waharddedig i ferched fynd i'r deml.'

'Paid â phalu celwyddau,' meddai Broch yn uchel gan symud yn orwyllt tuag ato. Ymunodd ei gefnogwyr yn yr ymosodiad byrbwyll. Rhwygodd Broch trwy linell y Rhufeiniaid gan dorri pen ei wrthwynebydd â'i fwyell, a chyrhaeddodd ddrws y deml. Defnyddiodd ei fwyell ar y drws hefyd, ac yna ei wthio â'i ysgwydd. Yn araf araf lledaenodd y bwlch rhwng y pren a'r capan a daeth gwên fuddugoliaethus i wyneb Broch. Ond ar amrantiad clywodd lais enbyd yn llenwi ei ben:

'Gwae neb sy'n difrïo fy nheml!'

Ni chlywsai erioed seiniau mor arswydus. Dechreuodd grynu o'i gorun i'w sawdl. Gwelodd fwganod mileinig yn crechwenu arno ac yn galw arno o bob cyfeiriad. Yng nghanol y dadwrdd ni welodd y Rhufeiniwr yn closio o'r tu ôl iddo. Plannwyd cleddyf yn ddwfn yn ystlys Broch cyn iddo droi, a gwyliodd y bywyd yn llifo o'i gorff yn un rhaeadr goch.

29

Cerddodd Cadfan yn sigledig ond yn benderfynol at wal y pentref. Rhyfeddai fod peth o'i nerth wedi dychwelyd a'i fod yn cryfhau o ddydd i ddydd. Helpodd dau o'i weision ef i ddringo i fan lle gallai weld dros ran eang o'r wlad. Profiad amheuthun oedd bwrw golwg dros ei fro unwaith eto ac amgyffred â maint y bryniau a'r dyffrynnoedd oedd wedi'u lapio'n hyfryd ar y pryd gan feinwe o niwl glas. Ymfalchïai ei fod wedi dod dros ei waeledd cystal, ac yr oedd sylweddoli hynny'n harddu'r pethau mwyaf distadl mewn bywyd ac yn dwysáu ei werthfawrogiad ohonynt. Ymfalchïai hefyd yn y ffaith fod ei lwyth wedi cael gwaredigaeth. Roedd y Rhufeiniaid yn rhy bryderus am y digwyddiadau ar y Cyfandir i ad-dalu i'r Brythoniaid am y cyrch. Yn wir, cawsai ef delerau heddwch boddhaol iawn ganddynt. Gresyn fod Broch wedi cwrdd â'i ddiwedd ond roedd tranc fel hyn yn anorfod yn hanes un mor fyrbwyll. Roedd ei farwolaeth yn golled bersonol ond buasai ei deyrnasiad yn drychinebus i'r llwyth. Ac yn awr yr oedd ef ei hun yn uchel ei barch yng ngolwg ei bobl unwaith eto ac roedd amser ganddo i ddewis olynydd yn ddoeth. Ond nid yw dedwyddwch pur yn bosibl yn y bywyd hwn, meddyliodd. Er bod ei galon yn gryf yn awr roedd un galar yn parhau i beri blinder iddo, ac ofnai y byddai hynny'n ei lethu'n llwyr yn y diwedd. Ble'r oedd Arianrhod? Beth ddigwyddodd iddi? A oedd hi'n fyw? Byddai'n dwyn y dirgelion hyn a rhai tebyg heb eu datrys i'w fedd. Ochneidiodd a chraffu i'r pellteroedd.

Yn sydyn, sylwodd ar rywbeth yn symud ar y gorwel. Marchog ydoedd. Dilynai'r llwybr a arweiniai at y pentref. Nid oedd sôn am neb arall, felly roedd yn amlwg nad gelyn oedd. Yn wir, marchogai yn bwyllog fel petai yntau yn ailddysgu byw a gwerthfawrogi bywyd. O'r diwedd daeth yn ddigon agos i Cadfan weld mai milwr Rhufeinig oedd. Edrychodd y milwr i fyny at y wal gan grychu ei aeliau i atal disgleirdeb yr awyr. Chwifiodd ei law pan sylwodd ar Cadfan a rhoddodd hergwd ysgafn i'w geffyl. Yna adnabu Cadfan yntau, a rhoddodd arwydd ar warcheidwad y pyrth i'w adael i mewn.

'Tawn i'n marw, Faustus y lladmerydd,' meddai wrtho'i hun, a phrysurodd orau y gallai i'w groesawu a'i freichiau ar led.

'Pa hwyl sydd, Cadfan? Mae'n dda gen i dy fod wedi cael adferiad.'

'A thithau. Pa newydd?' gofynnodd Cadfan yn eiddgar.

Disgynnodd Faustus o'i geffyl a thynnodd bapur o'i lurig.

'Mae gen i lythyr iti.'

'Dw i'n deall dim ar iaith y Rhufeiniaid,' meddai Cadfan a'i galon yn suddo. 'Beth maen nhw eisiau gen i'n awr?'

''Dyw hwn ddim yn Lladin. Darllen o.'

Agorodd Cadfan y sêl a dechreuodd ddarllen y llythyr yn uchel:

'"Cyfarchion i'r pennaeth Cadfan oddi wrth y tribiwn Publius.

Gobeithiaf y bydd y llawenydd a gei o ddarllen y llythyr hwn yn peri iti faddau imi yn hwyr neu'n hwyrach. Mae dy annwyl ferch Arianrhod yn fyw ac yn iach. Wedi imi dderbyn gair fod ei bywyd mewn perygl, euthum i'w hachub o'i chawell greulon y noson dyngedfennol honno pan ddioddefodd yn anhaeddiannol dan law ei chefnder Broch. Mewn amgylchiadau gwahanol byddwn wedi gofyn dy ganiatâd i'w phriodi, ond cymerais yr hyfdra — a gobeithiaf y gweli'n dda i'w ystyried yn beth an-

rhydeddus — i'w phriodi yn ôl defod a chyfraith y Rhufeiniaid. Ysgrifennaf hyn tra ydym ar fin symud i Gaer, ond bwriadaf fynd â hi i fyw i un o'r trefi yn neheudir y wlad hon yn fuan iawn. Fe'th sicrhaf y clywi oddi wrthym o'r fan honno. Am y tro, a hyd nes bydd y sefyllfa wleidyddol wedi tawelu, credaf mai doeth fyddai peidio ag ymweld â thi cyn ymadael. Cofia Arianrhod yn annwyl at ei mam a'i chwaer hefyd gan obeithio fel minnau y bydd ein hanes yn llonni eu calonnau.
Dymunaf iachâd llwyr iti . . ."'

Edrychodd Cadfan ar Faustus mewn penbleth. Roedd ei galon yn curo'n galed. Os oedd hyn yn wir roedd wedi cyrraedd penllanw ei hapusrwydd.

'Mae'n hollol ddilys,' gwenodd Faustus.

'Ond — wnaeth o ddim ysgrifennu hyn ei hun?'

'Mi rois ychydig bach o help llaw iddo,' cyfaddefodd Faustus. 'Hynny yw, lle roedd ei ramadeg yn wallus!'

Dechreuodd Cadfan bwffian chwerthin, chwerthiniad byr i ddechrau ond a ddatblygodd yn fuan yn chwerthin hir o'i fol. Cerddodd ef a Faustus i gyfeiriad y tŷ gan efelychu ei gilydd mewn deuawd o chwerthin heintus, afreolus.